『たそがれ清兵衛』の人間像

藤沢周平・山田洋次の作品世界

幸津國生

An image of human beings
in "The Twilight Samurai"
—the world of Fujisawa Shuhei's
and Yamada Yoji's works—

花伝社

「いま」呼び覚まされた
「むかし」の人間像を手がかりに
「これから」の生き方へと
思いを馳せる人々に

『たそがれ清兵衛』の人間像——藤沢周平・山田洋次の作品世界◆目次

はじめに……7

Ⅰ　藤沢周平・山田洋次の作品世界の重なり合いによって生み出されたもの

1　両作品世界の関係を取り上げる理由……10

2　原作小説と映画との関係をめぐる論点……18

Ⅱ　この映画が目指したもの

1　原作が藤沢周平作品であること……28

2　山田洋次が藤沢作品を原作とした理由……31

3　二つのリアリティー……34

Ⅲ　映画と原作との共通点と相違点
1　この映画の構想……44
2　映画と原作との共通点と相違点……46
(1)　海坂藩の風景／48
(2)　登場人物／51
①　清兵衛／51
②　朋江／57
③　家族／60
(3)　主人公の思いの告白／66
(4)　果し合いの描写／72
(5)　果し合いの後／89

Ⅳ　藤沢周平・山田洋次の作品世界の立場

1　自然・人間観……96
(1) 自然に包まれ自然とともにある人間の日常生活／96
(2) 家族の視点／100
(3) 清兵衛の「学問」観／107
(4) 技術の習得／115
(5) ユーモア——題名の由来／128
2　武士道観……144
(1) 藤沢の戦時体験／144
(2) 「皇道的武士道」およびそれへの批判／154
(3) 三島由紀夫『葉隠入門』／164
(4) 王陽明の「知行合一」／178

V　現代日本の文化における藤沢・山田の作品世界の重なり合いの意味
1　近代日本によって忘れられた時代の人間「たそがれ清兵衛」……192
2　歴史を越えて生き続ける人間の在り方……198
3　生と死とをめぐる人間のドラマ……203
註……213
文献目録……229
『たそがれ清兵衛』キャスト・スタッフ一覧……238
あとがき……241
索引……(1)

はじめに

時代小説といえば、筆者はまず最初に藤沢周平作品を挙げる。その作品世界で描かれている人間像に惹きつけられ、全作品を繰り返し読んできた。そして、その魅力を『時代小説の人間像――藤沢周平とともに歩く――』（幸津 2002）にまとめた。

他方で映画といえば、日本映画では山田洋次作品を長い間観てきた。『男はつらいよ』全作品や、その他かなり多くの作品を楽しんできた。

しかし、両者の作品世界は筆者にとってこれまで別々のものであった。ところが今回山田洋次が藤沢作品を原作として、初めての時代劇映画『たそがれ清兵衛』を撮った。このことは、筆者にとって一つの驚きであった。

『たそがれ清兵衛』は、広範な反響を呼び起こした。両者の作品世界の重なり合いが多くの人々に受け容れられたのである。このことは、何を意味しているのか。そこには何か画期的な出来事が生じているのではないか。

従来、現代劇を撮ってきたという印象の強い山田が、何故藤沢作品を原作として、この映画を撮ったのか。そこではどのように藤沢の作品世界が表現されたのか。この映画によって、藤沢の作品世界と山田の作品世界とが重なり合うことになったが、そのことによって何が生み出されたのか。

この映画に示された人間像は、現代日本ではほとんど忘れられた「むかし」の人間像である。しかし、「いま」両作品世界の重なり合いによってわれわれにこの人間像が呼び覚まされた。それは、われわれの求める人間像をめぐって「これから」の方向を指し示しているのではないか。

このように本書の問いは、両作品世界の重なり合いによって生み出されたものは何か、そしてその意味は何か、ということに向けられている。この問いに答えるために、この映画と原作とにおいて描かれた人間像について、両者を対比させながら、読者とともに考えてみたい。

I

藤沢周平・山田洋次の作品世界の
重なり合いによって生み出されたもの

1　両作品世界の関係を取り上げる理由

山田洋次監督作品の時代劇映画『たそがれ清兵衛』(山田 2002) が製作され、公開された(二〇〇二年一一月二日劇場公開)。この映画は、日本国内において非常に広い範囲で好意的な反響を呼び起こした。この映画の公開はマスメディア等において近来稀にしか見られないような形で非常に大きな話題になった。このことから見て、この映画の公開に伴って生じたこの映画への反響は現代日本の文化において一つの画期的な出来事であると言っても言い過ぎではないであろう。

ここでの対象となるジャンルは映画であるが、この国で最近一つの映画がこのような仕方で受け容れられたということ自体非常に稀なことではないだろうか。現代日本の文化は余りにも多様化しており、仮に一つのジャンルでかなりの反響を呼んでも、他のジャンルではそのようにはならず、そこにまではなかなかその反響が広がるわけではない。つまり、ジャンルの違いを越えて反響を呼ぶことがないというのがごく普通のことであろう。しかし、この映画の場合、少なくとも映画というジャンルの中で広く受け容れられたばかりではなく、これを越えた広がりを見せたという点で、以下に述べるとおり、現代日本の文化の状況のもとで非常に稀なことが起こったと言えるであろう。

ここで一つ吟味されるべき点がある。この映画の公開をめぐって画期的な出来事が生じたとして、それはどのような意味において画期的であったのかという点である。というのは、この出来事をめぐって映画そのものが画期的であるというよりも、この映画公開によって起こった反響の大きさが画期的であると言わせるのかもしれないからである。しかし、この反響に注目するだけでは、そこにどのような意味があるのか、なお不明なままに止まっているように思われる。やはり、そのような反響を生み出した映画そのものに即してどのような意味で画期的な出来事が生じたのかが問われなければならないであろう。本書の課題は、この出来事の意味への問いに一つの答えを与えることである。

この問いに答えるためには、原作小説とその映画化との関係が問われなければならないであろう。というのは、ここで問われている出来事の意味は、単に映画というジャンルを越えて、少なくとも小説というジャンルにも及んでおり、したがってこれら両者の関係をめぐって生じていると思われるからである。そこでさしあたり、両者の間にどのような関係が生じているのか、という点に注目しよう。

この映画は、藤沢周平の時代小説を原作としている。この映画によって、山田の作品世界はそれ自身の従来の範囲を越えて新たな境地を切り開いたと言えよう。また藤沢の作品世界はこれまでも多くの愛好者を持っていたわけだが、この映画の原作がそこから選び出されたものとして、あらためて注目されることになったであろう。このようにして、この映画において藤沢・山田両者の作品世界が重なり合うことによって、現代日本の文化にとって一つの新しい展開がなされたわけである。そうであるとするならば、本書の課題は、この映画における両作品世界の重なり合いによって何が生み出されたのか、そしてここに生み出されたものをもとにその大きな反響の意味は何か、について問うことにあることになる。

まず、原作小説とその映画化との関係について取り上げる意味はどこにあるのか、が問われるであろう。ここで注意されるべきことは、対象となっている藤沢作品と山田作品との両者の関係については、単なる両者の関係という事実を挙げることによっては両者の関係をめぐる事情がほとんど理解できないということである。何故ならば、両者が対象である場合、特定の作品についてではなく、両者の個々の作品が表現しているその作品世界一般について両者の関係が特別に取り上げられなければならないという理由があるからである。その理由は、とりわけ両作品世界の双方を同時に愛好するファン（実は筆者もその一人である）にとって大きなものなのだが、自分が愛好してきた両作品世界の重なり合いによってあらためて両作品世界の意味するものは何かが問われるということのうちにある。

ここに新しく立てられた問いは、確かに両作品世界への各個人の関心の在り方によって異なるであろう。今まで必ずしも二つのうちのいずれか一つの作品世界にも特に関心を持ってこなかった個人にとっても、この映画を観る機会があったかもしれない。その個人がこの映画に感動したとするならば、彼あるいは彼女にとっても、この映画によって、両作品世界それぞれへの関心が芽生えるということもあるだろう。そのような個人にとっても、この映画の背景となっているこれら両者の作品世界の関係が関心の対象となるであろう。

今回の映画化によって両作品世界の関係が問われることになったわけだが、この関係付け自体が新しいことである。両作品世界の双方を同時に愛好するファンであっても必ずしも両作品世界を相互に関係付けてきたわけでもないであろう。あるいは両作品世界の一方のみの独自のファンであれば、なおさら両作品世界の関係を問うことはおそらくなかったであろう。というのは、これまでは山田作品のファンにとって、山田洋次監督が時代劇を撮るということはあまり念頭には浮かんでこなかったと思われるからである（少なくとも筆者の場合は今回の山田作品までこのことには思い至らなかった）。山田洋次監督作品については一般に、コメディーにせよシリアスな作品にせよ現代劇映画であるということがほとんど当たり前のように受け取られてきたのではないだろうか（ただし、数々の映画賞を受けた作品群の中で一九六六年度『運がよけりゃ』は時代劇であるように見受けられる。山田 2002：ＤＶＤ付録写真集参照）。それだけこれまでの作品から作り上げられた印象が強く、そのような固定された観念でもって受け止められてきたわけである。

しかし、映画創造にとってそのようなジャンルが予め決まったものとしてあるわけもない。山田洋次の場合、その作品はコメディーの印象が強いのだが、もちろんそれ以外のシリアスな作品など多方面において、その作品世界は広がっている。このことは、小説というジャンルについても同様である。ただし、藤沢周平の場合は刊行された作品に関する限りでは、時代小説を主として書いたのであり、現代小説はただ一篇（「早春」、藤沢 2002 参照）を例外的に書いたにすぎないと言わざるを得ないのであるが。

このような事情に加えて、この映画化の意味は、それぞれのファンの範囲におけるそれに止まるものではない。それは、この範囲をはるかに越えた広がりを持つものであろう。というのは、そこでは、この映画化によって藤沢の作品世界と山田の作品世界とが重なり合い、それらの作品世界の重なり合いがほとんど国民的と言ってもよいほどの広がりで受け容れられていると思われるからである。

ここには、現代日本の文化において両作品世界の重なり合いがほとんど国民的な規模での関心に応えるものであるということが示されているであろう。このことは、現代日本の文化の中での次のような状況を見るとき、とりわけ顕著なことである。すなわち、その状況とは、多様なジャンルにおいて、そして多様な仕方でほとんど無限とも言うべき展開がなされているわけだが、その展開はそれなりに創造的ではあるとしても、しかしその多様性が茫漠と広がる中でもろもろの関心は拡散し、そしてそれに伴って一つの全体像が結ばれることがないという状況である。この状況のもとでは、全体への見通しがきかず、それ故に閉塞感が蔓延することになり、その結果今後の方向が見えなくなるということが生じている。

このような状況のもとにわれわれが置かれていることを顧みるとき、両作品世界がそれぞれいままでもかなり広い範囲で受け容れられてきたということに加えて、さらに今回の映画化によって両作品世界の重なり合いが生じて、この重なり合いがほとんど国民的な規模で受け容れられているということは驚くべきことであると言わざるを得ない。そこには、当の状況に置けるー一つの新しい展開が示されているであろう。というのは、現代日本の文化においてその多様性を越えて何らかのものが国民的な規模で関心を惹くということは稀なことと思われるのだが、両作品世界の重なり合いの場合、その受け容れられ方においてその稀なことが起こったのではないか、と言うことができるだろうからである。このことは、この映画化による両作品世界の重なり合いが現代日本の文化のいわば基盤となるものは何なのかという問いに対する一つの答えを与えているということを示しているであろう。「これから」現代日本の文化はどのような方向に進むべきなのかという問いは、先の状況のもとに置かれているわれわれにとって一般にまさに「いま」立てられるべき問いであろう。このことが問われるとき、われわれは両作品世界の重なり合いの示すものを一つの答えとすることができるかもしれない。少なくともそのことの可能性を吟味する意味は決して小さなものではないであろう。

では、両作品世界の重なり合いが何故そのように受け容れられたのか、ということが問われるであろう。この点で注目されるべきことは、本書で取り上げる両作品世界の重なり合いが「いま」あるいは現在から見れば、「むかし」あるいは過去の或る特定の時代を取り上げているということ、そして、この過去の時代とは江戸時代、あるいはより限定すれば幕末の時代であるが、この時代の描写が現代日本に生きるわれわれにとって何らかの意味でその生き方についての関心に応えているであろうということである。そこで問われるべきことは、これらのことが何を意味するのかということである。

この問いにさしあたり一般的に答えるならば、次のようになるであろう。すなわち、そこで描かれる人間像は、「むかし」あるいは過去においてはごく普通に見られた当たり前のものであったであろう。しかしそれは、「いま」あるいは現在においては忘れられたものであろう。それだからこそ、「いま」やこのものがわれわれにとっては改めて意識される。それは、「これから」あるいは未来への一つの方向を示しているのではないだろうか。つまり、「いま」を生きるわれわれは、両作品世界の重なり合いによって、これまで忘れてきたものを「むかし」のうちに見出し、これを通して「これから」へという方向を感じ取っているのであろう。

現代日本の文化のこの新しい展開は、両作品世界の重なり合いが何らかの問題提起を行い、この問題提起が現代日本に生きるわれわれの関心に応えているというところに示されるであろう。ここに、われわれにとって両作品世界の重なり合いが何を意味するのかという問いが立てられるわけである。本書は、この問いに答える一つの試みに他ならない。

2　原作小説と映画との関係をめぐる論点

この問いに答えるという課題を果たすためには、両作品世界のこの重なり合いを構成する個々の作品は相互にどのように関わるのかが明らかにされなければならないだろう。さしあたり考察の第一歩として、原作小説と映画との関係にはどのような論点があるのか、両者のそれぞれについて触れる必要があろう。言うまでもないことだが、今回の山田作品が製作されることによって、二つの作品世界の関係が生じたのであるから、ここでは主としてこの山田作品の側から、両者の関係が捉えられることになるであろう。

藤沢作品は、時代小説というものが今まで多くの作家によって非常に多く書かれてきた中でも、その映画化が考えられる場合、映画製作者にとって特別の位置を占めているようである。それは、藤沢作品が非常に多くの読者を持っているということである。この映画の宣伝によると、次のようになる。「原作は、文庫本の総発行部数が二三〇〇万部を超え、今もなお圧倒的な人気を誇る時代小説の第一人者・藤沢周平」（パンフレット 6）。このように藤沢周平を「時代小説の第一人者」であるとするかどうかは、意見の分かれるところであろう(註1)。しかし、その作品が非常に多くの読者を獲得しているということそのこと自体は、間違いないことである。

その点から見るならば、それが映画化されても少しも不思議ではない。ところが、その読者の多さを考えるとかえって不思議なことにも思われるのだが、この映画は藤沢作品を原作とする劇場公開映画としては、初めての作品なのである。この点について同じ宣伝は、「藤沢作品独特の世界」に触れながら次のように言う。「市井に生きる人々の葛藤と哀歓、そして郷愁をさそう美しい自然描写。今まで誰も映画化しえなかった藤沢作品独特の世界が、山田洋次の手によって初めてスクリーンに映し出される。」（パンフレット 6。ただし、TVにおける映像化を除く）。ここでは「今まで誰も映画化しえなかった」ということが何故なのかが問われるであろう。それは、山田が監督としてその原作を藤沢作品のうちに見出したということの理由に関わっているであろう（後述参照）。

また今回の作品は、山田監督自身にとっても初めての本格的時代劇である。つまり、今回の映画化は藤沢作品の映画化としても山田作品としてもそれぞれ初めてのことなのである。このことも製作者によって強調されている（「山田洋次／初の時代劇×藤沢周平／初の映画化」パンフレット 6-7）。このこともこの映画の反響について考察するとき、考慮されるべきことであろう。

この作品は、公開の年度に日本国内で映画賞のほとんどすべてと言ってよいほどの多くの映画賞を獲得した（国外では国内においてそうであったようには国際映画祭で映画賞を受賞することなど話題になることはなかったようであるが。ただし、これはアカデミー賞外国語映画賞ノミネートを除いてのことである。ここには現在の国際映画界の美意識の在り様が示されているわけであるが、このことについては本書とは別に考察されなければならないであろう）。このことは、この作品が日本の映画界では稀にしか見られない広い範囲で受け容れられたこと、そして非常に肯定的に評価されたことを示している。

この事実によって、われわれは次のことを問うように促されているのではないだろうか。すなわち、現代日本の文化において、とりわけ映画文化の中ではこの映画がどのような意味を持っているのか、ということである。ただし、その前提として現代の日本映画の状況を全体として捉えることが不可欠であろうが、この点は、筆者の力量を超えているので、本書で論究することはできない。また山田にとっても初めての時代劇であるということに関連して、山田監督作品全体の中でのこの映画の位置付けを明らかにすることも必要であろう。しかし、この点も本書の範囲を越えている。そして、映画的表現そのものについても述べなければならないのは当然のことであるが、この点についても筆者の力量を超えている。それ故、本書では主として原作小説と映画シナリオとの対比という点に考察が限られる。

本書の課題は、これまでも多くの映画を撮り続け、その作品に多くの愛好者を持つ山田洋次によって、これも多くの愛好者を持つ藤沢周平作品が取り上げられ、小説と映画との二つの作品世界が重ね合わされたということ、このことによって生み出されたものの意味について考察することである。したがって、本書では山田自身が自己の作品を現代の日本映画の状況の中でどのように位置付けているのかを中心に、二つの作品世界がどのように重ね合わされるのかをめぐって考察されるにすぎない。その際、それぞれの作品世界を構成する要素を分析することが不可欠であろう。そして、全体として映画では主人公の娘の視点から父親の人生が振り返られるという枠組みが採られているのだが、その点に注目する必要があろう。それは、そこで描かれる時代をどのように捉えるのかということに関わっている。そしてこの時代の捉え方は、結局のところこの映画の人間像に収斂していくであろう。

さらに、藤沢がその作品の中で提示している論点を捉えなければならないであろう。その論究は、藤沢がどのような立場に基づいてその作品世界を創り出したのか、そしてこの作品世界を踏まえて山田がどのような作品世界を創り出したのか、に向うことになる。ここでの立場として原作および映画において示されるのは、次の二点である。まず第一に藤沢・山田が捉えた自然を基盤とした人間観（自然と人間との関係および人間と人間との関係の理解）であり、そして第二に上の自然・人間観によって捉えられるいわゆる「武士道」についての理解である。

これら二点は、藤沢および山田による現代日本の文化への問題提起と捉えることができるであろう。原作小説の読者および映画の観客としてのわれわれは、この問題提起が原作としての藤沢作品およびそれを映画化した今回の山田作品の根底に置かれているということに注目しなければならない。

まず第一の点において、人間と人間との関係をめぐって「ヨコ」の視点が「タテ」の視点に対置されている。すなわち、「ヨコ」の視点が端的には自然と人間との関係を前提に江戸時代という時代の中での「家」制度に対置される家族という視点として提示されている。つまり、家族構成員相互の同等な関係において家族が描写されるとき、それは「タテ」の視点から捉えられた武家社会に対置されているのである。これらを考えるときに、どのような思想が歴史的に生じていたのかを参照しなければならないだろう。自然と人間との関係については、安藤昌益の思想が想起される。また、この家族を出発点として市民社会の「ヨコ」の関係に先駆する関係が捉えられている。つまり幕末にすでに次の時代を先取りするような変化が生まれていたことが描かれているのである。この点については、江戸時代の「家」思想を代表する貝原益軒に見られるような考え方に対置される明治時代初期の啓蒙思想を代表する森有礼・福沢諭吉の教育観・家族観が参考になるであろう。その際、この関係を支えるのは「学問」観であり、またこの「学問」観にも関わる技術の習得である。これらの点については当時受容されていた儒教の教説（孔子・孟子・朱子・王陽明）について若干ではあるが論究する必要があるだろう。技術については、とりわけ戦闘技術の習得については柳生宗矩による「致知格物」の朱子学的な捉え方が検討に値する。女性の在り方をめぐって歴史的な実態については山川菊栄の伝えることが参考になるであろう。そしてこの時代を前提する限りにおいて、当時の武家社会の「タテ」の関係の理不尽さがこの時代を相対化するユーモアによる笑いによって無意味化される。この点についてはユーモアについての理論への若干の参照と藤沢・山田の作品に即して考察することが求められるであろう。

そこで第二の点として、武士道についての理解が取り上げられなければならない。それは、第一の点の立場から批判的に捉えられる。時代小説および時代劇映画において欠かすことのできないこととして刀による斬り合いがある。それを思想的に裏付けるものが武士道である。そうだとするならば、先のような自然・人間観に基づいて武士道がどのように批判的に捉えられたのかという点について考察する必要があるだろう。これは、藤沢の戦時体験に関わっているものである。そこでは、まず藤沢の戦時体験に関わる武士道観(『葉隠』にまつわる戦時体験とこの書の読み方)、次いで藤沢が少年時代に出会ったであろう「皇道的武士道」と当時出されていた和辻哲郎によるそれへの批判が取り上げられなければならない。また、この戦時体験に基づいて藤沢は時代小説において一種の武士道残酷物語など武士道を批判的に描いたのだが、この藤沢とほぼ同世代ながら正反対の武士道観を示す三島由紀夫の『葉隠入門』をあるいは藤沢も意識していたかもしれないということ、（少なくとも両者がほぼ同世代であり、そして藤沢が時代小説において武士道を批判的に描いたということから見て）その可能性がまったくなかったわけでもないということが注目される。それ故、三島の『葉隠』解釈に見られる武士道観を吟味することによって藤沢の武士道観の意味が側面から明らかになってくるであろう。この点に関連して武士の在り方をめぐってより原初的な宮本武蔵の場合との対比が興味深い。さらに、武士道の中でなお残されるべきものがあるとするならば、それは何かという点について新渡戸稲造によって提示される武士道観（それは本書を通じて随所で参照されるべきであろう）の中で高く評価される王陽明の「知行合一」の立場が考察されなければならないであろう。そしてその典型として取り上げられた西郷隆盛（新渡戸と同じくキリスト教の立場から陽明学を積極的に評価する内村鑑三によって「代表的日本人」であるとされ、その第一番目に挙げられた）の場合がどのようなものであったのかが、近代日本の在り方との関わりにおいて論究される必要があるだろう。

これらの視点を前提にして、まず藤沢が時代小説においてその人間像を示し、次いでそれを前提にして、これを山田もまた山田なりの仕方で受け止めて映画における人間像という形であらためて示したと考えられる。結局のところ、この人間像のうちに原作小説と映画とのメッセージが示されるに違いない。

ここでの人間像とはまず「たそがれ清兵衛」という人間像が示す現代日本ではほとんど忘れられてしまったかもしれない人間像である。しかし、それは、歴史を越えて生き続ける人間像である。そこには幸福（仕合せ（幸せ））とは何かという点をめぐっての問題提起があり、人間の生き方についての一つの美意識が示されている。さらにそこでの人間は生と死とのドラマを演じている。そこから、現代日本の文化にとっての原作小説およびこの映画の意味、そして藤沢作品と山田作品との両作品世界の重なり合いによって生み出されたものの意味が浮かび上がってくるであろう。

そこでこの考察のために本書の論点は、次の四点になろう。まず第一に、この映画が目指したものは何かを一般的に考察することが必要であろう（Ⅱ）。その上で第二に、この映画および原作小説と映画シナリオとを対比させることによって両者の共通点を明らかにし、さらに両者の相違点をめぐってそれぞれの性格を特徴付けなければならない。そのために、両者の共通点と相違点とを構成すると考えられる要素を取り上げよう（Ⅲ）。これらを踏まえて第三に、藤沢・山田の作品世界の立場が提示している論点を二つ取り上げよう。すなわち、まず自然を基盤とした人間理解（背景としての自然・家族・「学問」・技術の習得・ユーモア）、次いで武士道観（その戦時体験に基づく藤沢の武士道観・「皇道的武士道」およびそれへの批判・三島由紀夫の『葉隠入門』・王陽明の「知行合一」）である（Ⅳ）。最後に第四に、藤沢・山田の作品世界の重なり合いが現代日本の文化にとってどのような意味を持つのかという点について、「たそがれ清兵衛」という人間像、歴史を越えて生き続ける人間像、生と死とのドラマを演じる人間像をめぐってこれらの人間像を提示する原作小説とこの映画との枠組みを手がかりに論究することが求められるであろう（V）。

Ⅱ　この映画が目指したもの

1　原作が藤沢周平作品であること

この映画が目指したものは何かという点については、その原作となっているものが藤沢周平作品であるということに関わっているであろう。ここには映画監督としての山田の関心の所在が示されているはずである。われわれにとってはここにこそ、山田によって投げかけられた問いを受け止め、この問いをわれわれ自身の問いとする出発点があるに違いない。藤沢作品と山田作品とのそれぞれ一方の愛好者もこの映画によって、かなりの程度で両者の作品世界を重ね合わせて捉えることが可能になったと言えよう。

ただし、そのように言うことができるとしても、ここで無視することのできない一つの問題がある。すなわち、小説と映画とでは、言うまでもなく表現形態が異なるという問題である。したがって、それらを享受する仕方も当然異なっている。しかしながら、この差異については、それぞれ独自のジャンルをなすものであり、両ジャンルを一般的に比較する必要があり、この点は本書の範囲を越えている。ここで試みられるのは、ただジャンルの差異を超えて、なおそこには残ると思われる何らかの共通のものについて明らかにしようとするにすぎない。この共通のものは、両者それぞれが持つ表現形態の独自性を踏まえた上で、しかもこれらを二つのものでありながら同時に一つのものとして表現するものであろう。これら両者をそのように捉えるためには、まず映画の表すものを原作小説のそれと対比させつつ明らかにすることが求められるであろう。そのようなものとは、映画の宣伝（前掲参照）に示されている限りで製作意図と思われるもの、つまり「藤沢作品独特の世界」とされるものであり、「市井に生きる人々の葛藤と哀歓、そして郷愁をさそう美しい自然描写」とされるものである。これを劇映画という点に注目して言い換えれば、劇映画一般においてあくまで登場人物に注目されるのだから、この映画でも目指されているのは人間を取り巻く自然描写のもとでの人間像であると言えよう。これが映画と小説との双方において描かれているわけである。そこで以下、原作小説のそれとの対比に基づいて映画の人間像を考察の対象とすることにしよう。

その原作となった時代小説は、「たそがれ清兵衛」・「竹光始末」・「祝い人助八」の三篇である。この点について、映画の宣伝を考慮する必要があろう。というのは、劇場公開映画としての成功は、或る映画が或る原作に基づくものとされる限り、この映画の原作から何を取り出し、一般人を映画館に向わせるようにその関心を惹き付けることができるかどうかに懸かっているだろうからである。その宣伝は、まさにこの点について次のように述べる。「本作品は、藤沢周平の数ある名作の中から、特に高名な短編『たそがれ清兵衛』『竹光始末』『祝い人助八』を原作に、誰かを大切に思う心、目立つことのない本当の勇気や誇りなど、現代の日本人に失われてしまった〝心〟を描いている。幕末に生きた名もない下級武士とその家族の絆を通して、山田洋次と藤沢周平が問いかける〝本当の幸せとは何か〟というメッセージに、胸に沁み入る感動を覚えるに違いない。」（パンフレット 6）

このことをめぐって問われるべきことは、何故山田が初めて本格的に時代劇映画を撮ろうとし、そしてその際藤沢作品を原作として映画化する意図を持ち、さらに膨大な藤沢作品の中でこれらの作品を原作として選んだのか、ということである。これらのことには、山田なりの理由があったに違いない。

2　山田洋次が藤沢作品を原作とした理由

　では山田は、何故初めて時代劇映画を撮ろうとし、そしてその際藤沢作品を原作としようとしたのだろうか。山田は、その間の事情を次のように二つの点から説明している（以下注記のないものは「山田洋次監督インタヴュー」（取材・構成・文：八森稔）パンフレット10-11より）。すなわち、一つは従来の時代劇映画に対する不満であり、もう一つは藤沢の時代小説への共感である。そうだとするならば、山田にとっては、従来の時代劇映画への不満を克服するような形で藤沢作品を原作として用いて映画を作ることができるのかどうかが問われたことであろう。

　まず第一の点について。従来の時代劇映画に対する山田の不満とは、従来のものがパターン化していることへの不満であったという。すなわち、従来の時代劇が「殺陣、俳優の芝居、かつら、メイクや衣裳など、あるパターンにはまってしまっている」ということである(註2)。ただし、山田は従来のものがすべてこのようなパターン化したものであったと言っているわけではない。山田によれば、このようなパターンを破ったものもあったという。その例として二つの作品が挙げられている。一つは、山中貞雄の『人情紙風船』(註3)であり、もう一つは黒澤明の『七人の侍』(註4)である。その際、何を山田が意識しているかが問われよう。山田は、前者についてはとくに語ってはいないけれども、おそらく登場する浪人夫婦ら市井の人々の織り成す物語によって表される江戸時代の市井の人々の日常生活が意識されていると思われる。この点は、今回の山田作品から逆に推測する他はないのであるが。後者については、山田はその非常にリアルな描き方を取り上げている。「野武士の顔など兜をかぶっているから真っ黒で見えない。それでいいんだという捉え方をしていて、現代劇と同じ感覚で時代劇を撮っていて、それ故に黒澤時代劇は新鮮だった」、と。これらをまとめるならば、従来の時代劇映画にはリアリティーが欠けていたのに対して、これら二つの作品はリアリティーをもって描かれていたということであろう。このことから見て、映画監督としての気持ちを語る山田の次の言葉は分かりやすい。つまり、「僕なりに、僕たちの祖先はこんな暮らしをしていたんだろうなと思うような作品を撮ってみたいという気持ちがあった」という。「暮らし」への注目こそ、山田にとってリアリティーを支えるものであろう。

次に第二の点について。藤沢作品への共感については、山田は次のように語っている。「藤沢作品が面白くて、こういうのを映画にできないかと思うようになっていた。藤沢作品のような肌のぬくもりを感じる人間像を映画にしたい」、と。ここでは藤沢作品がどのように「面白」いのか、また「肌のぬくもりを感じる人間像」とはどのようなものなのかについては、これ以上は語られているわけではない。にもかかわらず、そこに感じ取られるのは、山田が従来の時代劇映画への不満として語られていたもの、そして例外とされていた作品に見届けられていたものを映画以前の段階で藤沢の時代小説に見出していたということ、そしてこれを映画化したいと思っていたということである。その際山田は藤沢の短篇を対象にしており、長篇には触れていない。映画の原作として長篇がどのように評価されているのかは、不明である。この映画の宣伝にあるような意味で、原作の三篇が「特に高名な短編」であるか否かは議論のあるところであろう。大事なことは、これらがそうであるのかどうかということにあるのではない。そうではなく、むしろそれらが山田のイメージを紡ぎ出させる作品であったということである。その結果一つの脚本にまとめられたということが重要である(註5)。

3　二つのリアリティー

かくて、山田にとって今回の時代劇映画はその思いの結晶ということになるであろう。このことについて山田は言う、「この二つの思いが重なり合って『たそがれ清兵衛』にたどりついた」、と。そこでこの映画では、従来の時代劇映画になかったものとして二つのもののリアリティーが求められるであろう。一つは、これまで作品の重要な要素としては描かれてこなかった時代の市井の人々の日常生活そのものである。もう一つは、主人公が下級であれ、刀で斬り合いもする武士であるということである。

第一のリアリティーについて。その際大事なことは、時代劇映画の対象としての日常生活の中でも、われわれの時代からそれほど遠い時代ではない時代の人々の日常生活が描かれるということである。そのことについて、山田は「時代はなるべく近い時代にしよう」として、スタッフに次のように語ったという。「そんなに遠い時代じゃない。君たちにとってひいお祖父さん、若者にとってひいお祖父さんのお父さんぐらいで、痕跡を探せば今でも見つけられる時代の話なんだ」、と。つまり、時代劇の対象となる時代の中で現代に生きるわれわれから見ても身近に感じられるような時代が選ばれるのである。そのような時代とは、時代劇の対象としての時代の中で現代から最も近い時代である幕末である（もちろん、それ以後の時代でも時代劇の対象にはなりうるのではあるが、後に述べるように、山田は現代においてはありえないものとして刀による斬り合いを挙げており、このことが取り上げられた時代の特徴であるとするならば、やはり幕末が現代から最も近いということになるであろう）。

しかし、従来の時代劇映画の中でも幕末を描いた作品は多い。では、幕末をどのように描くのかが問われるであろう。ここで描かれる他ならぬ生活の日常性が作品にリアリティーを与えるものでなければならない。その生活は、かなりのところで現代にも通じるものである必要がある。現代にも通じる部分とは、例えば家族の日常生活によって示されるであろう。つまり、それだけ観客にとって身近な印象を持ちうるものが描写されることになるだろう。こうして山田は、山中貞雄の映画に当たる要素を藤沢作品のうちに認めつつ、時代設定を幕末としているのであろう。

これらのことについて、山田の言葉を聴くべきである。「登場する人物たちの着る着物にしても、これは誰からのおさがりだろうかとか、食卓のおかずでもこの野菜は自分で作ったのか、この魚はどこで手に入れたんだろうか。そういう日常性を第一の基本に幕末の庄内藩の世界を作っていったんです。」（「山田洋次インタビュー」、『キネマ旬報』1374（2003.2下旬）126/

125-126）ここで注目されているのは、まさにその時代の人間の日常生活に他ならない。さらに山田と共同で脚本を執筆した朝間義隆の言葉も示唆的である。「藤沢周平さんの作品がたくさんの人を魅了しているのは、誰もが抱いている〝生きる〟ことへの思いが、わかりやすいプロットと登場人物へのいたわりをもって描かれているからだと思います。それは、山田さんの長年の仕事と重なり合うところが多いのではないでしょうか。時代劇という決まり切った形を脱して、一人の貧しい下級藩士の暮らしを丁寧に見ていこうという試みは、取り組んでみてとても新鮮でした。藩士の暮らしといっても資料が残っているわけではないのですが、舞台となる海坂藩のモデルとなった鶴岡を何度か訪ねていろいろな方に話を伺う中で、江戸時代の人々の暮らしは決して江戸時代で終わってしまっているわけではなく、明治、大正、昭和になっても同じように続いていたのではないかと想像するようになり、資料、資料と大騒ぎせずに、自分の子どもの頃の暮らしなどを思い返しながら、イメージを作っていきました」（「朝間義隆インタビュー」、『キネマ旬報』1374（2003.2 下旬）128/127-128）。ここには、藤沢と山田との接点がどこにあるのかをめぐって、両者の作品世界の重なり合いが語られている。それは、人々が「暮らし」の中で抱いている「生きる」ことへの思いである。このことは、時代の違いを超えているのであろう。現代劇を撮り続けてきた山田がその作品世界において描いてきたものも、時代こそ違っていても、同じように「生きる」ことへの思いに他ならないわけである。

ここで問われるのは、この映画に描かれる当時の人間の日常生活が現代日本の社会においてどのように位置付けられるのかということである。そこには現代から見てそれほど遠くない時代における人間の日常生活がある。ここには時代が違っていてもなお変わらない部分もあるだろう。おそらく観客はこの映画に自分の生活と共通の事柄を見出したのであろう。山田の次の言葉は、このことを実現するためのその問題意識を示しているであろう。「精力的な資料捜しと想像力の限りを尽くして、今から百数十年前の下級武士たちのきめ細かな日常生活を、観客が登場人物とともに息をしているかのごとく感じられるように、リアルに表現し、現代を生きる我々が時代を越えて先祖たちとスクリーンを通して共感しあう喜びを獲得したい」（「第一稿」の一節よりの引用の再引用。平松 2002：40）。その結果としての観客からの反響という点についての山田の言葉がこのことが実現したということを言い当てている。「観客は、主人公の清兵衛の生き方を通して、いろんなことを考えているのかもしれませんね。家庭で親と子供が、あるいは学校で教師と生徒が一緒に過ごす時間や空間。それが消えてしまって久しい。そういうことの大切さを、清兵衛と娘との触れ合いを撮っているときに考えていた。リストラというやり切れない現実と清兵衛と余吾の斗いを重ね合わせてお客さんはいろんなことを感じてくれたんじゃないかと思うんです」（「山田洋次インタビュー」『キネマ旬報』1374（2003.2 下旬）,126）。

かくて、この映画には観客が日常生活において抱えている問題が描かれているわけである。つまり、観客がそうであろうように、われわれは日常生活の中で様々のこと、つまり世の中に生きる自己の来し方行く末についていろいろと考えたり、思い悩んだりする。一般に現代日本に生きるわれわれは、自己と世界との関係をどのように構築するのかについて問わざるを得ないところに置かれているのである。そのとき、変わることのない何か確かな自己と世界との関係を求めることになるであろう。時代劇映画であればこそ、変わることのない人間の在り方を表すことができるのであり、そのことを「いま」の日常生活からほんの少し遡った「むかし」に見出すのであろう。

第二のリアリティーについて。第一のリアリティーを前提とした上で、さらに問われなければならないことがある。それは、何故主人公が（下級武士であるにせよ）武士であるのか、という問いである。江戸時代の市井の人々の日常生活を描くということが目標であるとして、この目標を実現するためには、もちろん武士以外の身分の者を対象にするということもありうることではある。しかし、ここでは武士でなければならない理由がある。というのは、登場人物は現代にも通じる何かを持つ者でもなければならないとは言え、現代人とも異なっているのである。そのような人物としては、現代ではありえない人間を表わしうる人物、それは限りなく他の市井の人々に近いけれども、しかし、これらの人々とは決定的なところで異なった部分を持っている人間である。そのような人間が他ならぬ下級武士であると言えよう。

この下級武士であることが現代人の生活とは大きく異なっている部分として描かれなければならない。この点をめぐって山田の次の指摘は重要である。つまり、時代劇には現代ではありえないものがあるという。それは、端的には刀による斬り合いによって表される。

それは動きのない中であるが故に、かえって激しい動きを表すものである。山田は、この映画の描く時代について動きが制約されていたという点での特徴付けをした上で、かえってこのことを用いて映画を作ろうとする。つまり、二つの点との対比を描くところに山田の映画監督としての問題意識が示されているであろう。「ひとことで云えば制約だらけの世界だった。／侍はだれもが同じ形のちょん髷を結い、／きめられた形の羽織袴を身に付け刀を二本腰に差し、／女は黒ずんだ色の着物しか着ない。／つまり現代劇のように服装や装身具、／化粧などで俳優が個性を出すことがほとんど不可能である。／それほどに、人間が生き生きして個性的であることが／許されなかった時代だったのだ。／動きで感情を表現することが極めて控えめだった、／ということは映像には甚だ不向きな世界になるのだが、／ひとつだけ、現代にはないすごい魅力がある。／それは刀である。／主君の命令とあればいつでも命を捨てなければならないという不気味さである。／静かで控えめな日々の暮らしと、その奥底にひそむ刀に象徴された激しさ――／という時代劇の面白さを、たくさんの制約を受けいれながら、／しかも思いきり表現してみたかった。」（山田洋次 2002「初めての時代劇」、パンフレット 3-4）「主君の命令とあればいつでも命を捨てなければならない」という形で武士は自己と世界との関係を構築しなければならなかったわけである。このことをどのように描くのかという点に山田なりの武士道評価が示されている。

藤沢作品にもそのような要素がないわけではない。実際山田は、そのような要素を持つ小説「竹光始末」をもとに映画のクライマックスに時代劇に不可欠のものとしての斬り合いをもってきているのである。この点について脚本執筆の技法一般にも触れながら山田が語る（「巨匠、かく語りき」『時代劇マガジン』 6/6-8）言葉を聴こう。「脚本を作っていく作業というのは、どうやってクライマックスを作り上げるかとか、導入部はどうなのかとか、いろんな工夫が必要なわけ。そういう工夫の中で、今言った3本の作品から発想を借りたってこと。要はどうすればおもしろくなるかってことなんだ。僕が時代劇を撮るならば、クライマックスは剣で命のやりとりをする場面じゃなきゃいけない。主人公が剣を抜いて、斬るか斬られるかという闘いにドラマが集約されてなきゃいけない。そのために物語を構築していく。いろんな材料をそこに集めてくるっていうかな。コラージュのようにして作り上げていくわけさ、脚本をね。」「あるとき『竹光始末』って本を読んだら、このクライマックスは映画のクライマックスになりえるなぁと思ったんだよ。何年も前だけど。それから『竹光始末』のクライマックスを中心に、それまでをどんな進め方にすれば成り立つかなって考えて何稿も書いてみた。［中略］最終的には、ある日、平侍が命じられて上意討ちに行くという形にしたところ、ようやく収まったんだな。」この点では、山田は藤沢作品のうちに黒澤の映画にある非常にリアルな戦闘シーンに当たるものがありうるとしているわけである。

ところで、藤沢の時代小説がこれまで映画化されてこなかったことには、それだけの理由があったに違いない。その理由とは、藤沢作品は映画的にはドラマに作りにくいという印象があることによるのかもしれない。例えば、登場人物の日常生活を淡々と描くものであって時代劇に期待される要素に乏しいというような印象である。このような印象で捉えられる限り、時代劇は日常生活を描くようなものではなく、非日常を描くものということになるであろう。しかし、非日常を描くこと自体は十分ありうることであるが、その描き方によってはパターン化してしまえば、リアリティーを欠くことになるであろう。非日常の最たるものは斬り合いということになるであろう。前述したように、その描き方がパターン化していることが山田によって指摘されている。むしろ問われるのは、単に斬り合いがあるかないかということにではなく、何を時代劇に求めるのか、ということにある。その場合とりわけ時代劇にどのようなリアリティーがあるのかが問われる。

これに対して山田は藤沢の短篇には映画になりうる何篇かがあるという。ただし、映画にするには断片的にすぎるという。それ故それぞれの作品だけでは断片的であるとされるいくつかの短篇を総合して一つの映画作品にするという方向が採られたのであろう。そうだとするならば、映画の語る物語が完全に一つの原作に合致するということはありえない。この点に関連してすでに藤沢は、「映像と原作」との関係をめぐってその相違について語っていた。「映像は、原作を再現するメディア（媒体）としてあるわけではない。原作に触発されて、そこからまったく別の世界を構築してみせる、映像自身のために存在するものなのである。そしてすぐれた映像（映画、テレビドラマ）は、すぐれた文芸批評と同様に、原作を、原作が意図したところよりも、さらに深いところまで読みとって、そこから新たな自分の生命を得て翔び立つものらしいのである。」（「映像と原作」藤沢 1990：169）この映画は、おそらく藤沢がここで述べたことに当てはまるものであろう（註6）。しかしながら、そのような相違を前提した上でなお、この映画と原作との間には、共通点がある。共通点はゆるやかなものであるが、それは両者がともに江戸時代という時代における下級武士の日常生活を表現しているという点である。この共通点とともに見出される相違点もまたそれぞれの特徴として同じように位置付けられなければならないであろう。

Ⅲ　映画と原作との共通点と相違点

1　この映画の構想

この映画の構想全体について、まず脚本家の言葉を聴くことが必要であろう。それは、朝間によれば、何回目かの改訂で出てきた次のような方向に示されている。「（一）物語を、清兵衛の妻の葬儀から始める。／（二）残された二人の娘に、更に老いた母を加えた家族構成にする。／（三）清兵衛の少年時代からの親友と、その妹朋江を新たに登場させ、清兵衛と朋江が結ばれるまでを物語の骨子とする。／（四）清兵衛の職場を御蔵方とし、その同僚、上役の日常を詳しく描く。／（五）決闘の場面については、『竹光始末』を用い、余吾善右衛門をより狂気を帯びた不幸な侍として描く。／（六）物語全体を、下の娘以登のそれから五十数年後の回想という形にし、彼女のナレーションで物語を進行させて、清兵衛が幕末に生きた人間であることを強調する。」（朝間 2003 : 23）

本書なりの論点を設定するために、原作小説との対比という視点から予めここで言われている個々の点についてコメントしておこう。まず、「物語の骨子」とされる（三）は、「新たに」人物を登場させるまでもなく、「祝い人助八」の物語に他ならない。しかし、「祝い人助八」が

「物語の骨子」になるということについては、脚本家によっては何故か言及されていない。そしてこの物語は、(一)をも含むものと言いうる。というのは、助八のむさくるしさは妻との死別をきっかけとして生じたからである。(二)の二人の娘は「竹光始末」から採られたのであろう。老いた母を加えた点は新しい。ただし、「祝い人助八」に出てくる手伝いの耄碌気味のおかねばあさんと同じ状態の設定である。ただ、母親という設定によって家族という視点が明確になるであろう。(四)で清兵衛の職場を御蔵方としたことによって、主君によってむさくるしさを戒められるという「祝い人助八」のプロットが生かされる。(五)の余吾の描き方は新しい点だが、上意討ちのシーンとしては、原作の三篇のうちでは、「竹光始末」が余吾との話のやりとりを描く唯一のものであり、これに基づくことが確かに適切であろう。もともと山田が最初に映画化をしようと決めたのは、この作品によってであるという(朝間 2003：20 参照。「生活のために何とか仕官をと願う浪人と、仕える主の非情と猜疑の前に翻弄される藩士の対比」同 21)。(六)の点によって、藤沢の時代小説は歴史的な限定を受けて映画化されることになる。原作が時代小説の枠内で歴史を超えた仕方を採るのに対して、映画は歴史小説に近い仕方を採るのである。この点はこの映画が現代日本の文化にとって持つ意味を示していると思われるので、本書のまとめとして後に触れよう(Ⅴ参照)。

2　映画と原作との共通点と相違点

　これらを踏まえて、さらに映画と原作との共通点と相違点とについて本書なりの論点を整理しよう。

(1)　海坂藩の風景は、当然両者に共通である。原作においても自然の風景の描写がなされており、このことがゆったりとした雰囲気を醸し出している。さらに映画によってはじめて実写によってこの風景が映し出された。そして庄内地方（山形県鶴岡市など）をモデルにしたこの藩の人々がどのような風景のもとで暮らしていたのかということが実際の映像で示された。

(2)　原作のうち「祝い人助八」が映画では物語の骨子となる。この骨子となる要素が主として両者の共通点を構成する要素となるであろう。そしてこの原作が物語の骨子になってはいるが、映画では人物設定その他の点で相違もある。登場人物が原作と共通の場合もあるが、組み合わせが異なる。その相違は、とりわけ家族の視点が原作にも見られるものではあるが、原作よりも強調されることに基づいている。家族構成が新たに行われることによって、家族関係が具体的に描かれ、そこから他の人間との関わりがより広く描かれるようになる。その際、家族関係との対比で果し合いをせざるを得ない武士というものが描かれる。その背景となっているものは藩というものである。つまり、下級武士である主人公に関わる限りで藩というものがどのようなものなのか、が示されるのである。ここで描かれるのは、職場での勤務や同僚たちとの関係、下級武士―上級武士―藩主という藩の身分制度、そして主人公とは本来無関係であるがその日常生活の外から入り込んでくる藩内部の権力抗争に関わるものである。家族とともに生きることと武士であることとの二つの立場の相克は、個々の描写を貫いている。

(3) 上意討ちの討手になることを命じられ、果し合いに向うことになった主人公は、相手の女性にその人への自分の思いを告白する。しかし、思いは女性の事情で通らず、その思いを断ち切って主人公は果し合いに向う。そこに原作と映画とのそれぞれの仕方での二人のドラマの描写がある。

(4) 時代劇で武士を描く場合欠かせないと思われる斬り合いによる果し合いのシーンは原作「竹光始末」から採られている。ただし、斬り合いをする人物の設定は映画では原作と異なっている。

(5) 果し合いの後、二人は主人公が予期していなかった再会をする。このことによって、二人の関係が回復される。原作と映画とでそれぞれの描き方がある。

主としてシナリオに基づいて映画の特徴を分析しよう。その際、脚本のねらいを脚本家自身がどのように捉えているのかが問われるべきであろう（原作と映画との両者について、とりわけ両者の関係について、これまでの批評をも考慮しなければならないが、これについては註参照）。

以下、個々の点を取り上げよう。（なお、藤沢周平の原作からの引用は、「たそがれ清兵衛」＝清、「竹光始末」＝竹、「祝い人助八」＝助、で示す。巻末の文献目録参照。）

(1) 海坂藩の風景

映画の中に出てくる自然の風景、つまり庄内地方の自然の風景はこの映画の重要な背景である。葬列のシーン、若菜摘みのシーン、釣りのシーン、墓参りのシーン（シナリオ 26, 32, 42-43, 57）、柴を刈り、かついで家に向うシーン（映画のみにあり、シナリオには欠けている）などにこの地方の自然の風景が映し出される。この自然の風景は、登場人物たちが季節の移り変わりを生活のリズムとしながら、その中に生きているということ自体が一つの主題となっているという意味で物語にとって根本的な基盤なのである。これらのシーンは、セットでは撮影することのできないものであろう。映像だけでそれと分かる庄内地方の風景は、この映画の時間の射程がその中で描かれている時代を越えて悠久の時間に及んでいるということを示しているであろう。山田の次の言葉は、この映画において風景が持っている意味を明らかにしている。「この作品の映画化にあたっては、庄内地方に吹く風や空の色の移り変わり、遠くに見える山々の姿、さらには先祖からの歴史をたたえた空気のようなものが大きな意味を持っている。したがって、ロケーションは庄内を含む東北地方で行う必要がある」(「第一稿」序文よりの引用の再引用。平松 2002：41-42)。

この自然の風景に溶け込むような下級武士の住居が描かれている。これは言うまでもなくセットであるが、地方の小藩の下級武士の住居(「下級藩士の家」シナリオ 27)が映像化されたのは、非常に珍しいものであろう。その住居は、生垣に囲まれ、裏に畑があり、庭には鶏が歩き回っている茅葺き屋根の草深い住居である。それは、武家屋敷というよりは、むしろ百姓家という印象を与えるものである。しかし、それなりの玄関があり、板を間に渡した二本の柱だけではあるが門があるところが百姓家との違いであろうか。

この風景の中で登場人物はどのような人間として描かれるのか、その描き方のうちにこの映画のメッセージが示されるであろう。それは、小説では表現することが難しい当時の人間の日常生活がリアルに描かれていることに示される。その描写は映画の物語には必ずしも直接には関わらないが、しかし、物語の基盤を描いている。上のシーンに加え、主人公の畑仕事のシーン（シナリオ31）、食事のシーン（夕食：シナリオ36、朝食：シナリオ38, 50。食事の中身は主食が雑炊のようなものできわめて質素である。最後にお湯をそそぎ香の物でさらいながら飲んできれいにしてから、ご飯茶碗と箸とを箱膳に収めるというように、食器の整理まで自分のことをきちんとする食事の様子が描かれている。朝食はいずれも果し合いの前の朝食の場面であり、次に来る果し合いのシーンと対照的である）、内職のシーン（シナリオ28, 32）、海坂の祭のシーン（シナリオ42）、柴刈りのシーン（シナリオにはなく、映画で加えられたと思われる）等日常生活が淡々と描かれている。登場人物の立ち居振る舞いは、この時代の人々の日常生活が持つ整ったリズムを表現しているのであろう（例えば、朋江が襷をかけ、果し合いに赴く清兵衛の手伝いをし、準備が終わってはじめて襷を解く一連の流れるような身のこなしがこのリズムを表現している。シナリオ51-52参照）。

そして後述するように、葬列のシーンは清兵衛の妻の死、若菜摘みのシーンおよび釣りのシーンはそれぞれ農民の子どもや農民の死、墓参りのシーンは清兵衛および朋江の死が関わるのであり、本来いずれも重いものである。しかし、庄内平野の風景の中に溶け込んでいくようにやわらかに描写されている。ここには時代の変動の中にあっても、自然に包まれた人間の生と死とが映し出されていると言えよう。このような風景の描き方にも映画においてこそ可能になった表現が示されているであろう。

リアリティーをめぐって、注目されるべき点の一つに登場人物の話す言葉の問題がある。原作と映画では用いられる言葉が異なる。映画では登場人物たちは庄内弁を話しているが、原作では用いられていない。原作では用いられていない映画の庄内弁は映画が実写であるだけに重要な役割を果たしている。映画でナレーションを除き庄内弁で語られることによって、物語にリアリティーが与えられる(註7)。庄内弁の響きは、それ自身やわらかく、物語の進行を和やかなものにし、ユーモアを感じさせもする。映画での使用言語について本書では論ずることはできないので言及するに止める。

(2) 登場人物

① 清兵衛

映画の主人公井口清兵衛は、海坂藩御蔵方に勤める禄高五十石（シナリオ28、「勘定方」とも言われる。シナリオ26）の「下級藩士」（シナリオ27、「平侍」と言われることもある シナリオ48）である(註8)。

そのむさくるしさの描写は、彼の社会的位置を象徴的に示すものである。それは、この物語の重要なポイントをなすものである。この点は映画と小説との両者それぞれの物語に共通している。しかし、主人公が何故そのようにむさくるしくなってしまったのかという点についてその原因の求め方は異なっている。映画では、主人公の生活上の必要が原因とされる。ナレーションは、次のようにその原因を説明する。「母の長患いでたくさんの借金が出来てしまい、それを返すために、父は懸命に内職をしなければなりませんでした。祖母が耄碌してからは、炊事、洗濯、畑仕事、盆正月の支度や近所とのお付きあいなどで忙しく、父は自分の身の回りに気を配るゆとりなどなく、次第に薄汚れた姿になりました」(シナリオ 29)。

月代も剃らない姿で清兵衛が家に居るのはありうることとしても、むさくるしいままで登城するのは、武士である以上許されないであろう。このことを主君にたしなめられるわけである(後述参照)。この説明はなかなか説得的であり、リアリティーがあると言えよう。ただし、そこにはおかしさというようなものは感じられない。これに対して、原作では性格的なおかしさが原因として挙げられている。つまり、助八の家に比べて上の身分の実家の暮らしや作法を忘れられなかった亡妻からの解放感(助 294 参照)という原因である。亡妻は実家との身分差をいつも気にして夫の助八に言い募っていたというのである。「宇根は最後まで、その身分の差になじめなかったようである。骨折って出世なさいませ、そうでないと実家の者が悲しみますというのが、この女の口癖になった。貧しい御蔵役に娘を嫁がせて、実家の親たちが悲しんでいるだろうというのだから、言語道断な言いぐさである。」（助295）当時の身分制度が家族の中に持ち込まれ、夫婦がそれによって引き裂かれているのである。助八は、妻との関係においていわば身をもって身分制度と対決せざるを得なかったわけである。「助八は宇根との暮らしの中でいささか男女の間に介在する地獄をのぞき見た。」（助296）藤沢は、助八の体験を描写するという仕方で身分制度を家族というものに対置するのである。

そのような助八に対して藤沢の描写は共感的である。「宇根の死後、助八がにわかにうす汚れて来たのは、もちろん女手を失なったためであることはたしかだが、亡妻の手きびしい干渉から解放されて、いささか暮らしの箍《たが》がはずれたということでもあった。」（助296）これは、主人公が周囲の想像とは異なって、「少々自堕落な一人暮らしの気楽さ」（助297）を享受している結果であり、性格的なものと考えられるものである。このむさくるしさについては、主人公も気付いていないわけではない。主君が見回りに来ると聞いて大慌てでひげを剃ったりもする（助291参照）。しかし、にもかかわらずそれが身に付かないのである。ここにこの人物のおかしさがあるわけである。ここには藤沢による武士道批判を読み取ることもできよう。というのは、藤沢が理解した武士道について述べた『葉隠』には外面を調えることが求められているのだが、助八の描写はそのような武士道観からすれば、まったく枠から外れてしまっている武士を描いているからである。（このような外面に重点を置いて武士道を捉える理解に三島由紀夫のそれがある。藤沢はそのような武士道観をユーモアで無意味化し乗り越えているわけである。この点については後述参照。）このような描写によって武士道はほとんど無意味化されている。そして、主人公はこの境遇をむしろ楽しんでいるのである。「湯なども気がむけば使い、気がむかなければしばらくは汗くさいままでいる。そして時々は内職で得た小金をつかんでは頬かむりして近くの町に出かけ、腰かけの飲み屋で一杯やって来る。これは男やもめになってからおぼえたたのしみだった。」（助297）

このように原作では窮屈さから解放されたということが原因とされているのに対して、映画の挙げた原因もそれなりに説得力がある。しかし、助八のむさくるしさのもたらすおかしさは余り感じられない。映画では主人公清兵衛（真田広之）のむしろ真面目さが目立っている。むさくるしさについての反省が語られているところ（後述参照）から見て、清兵衛の性格は原作のような「暮らしの箍がはずれた」助八のそれとは大分違っているようである。それは、先に触れたように、内職のシーンがかなり登場するところからも分かる。その内職の虫籠作りの腕も相当に上がっていて、手間賃値上げの交渉をするほどである（シナリオ46参照）。これは、日常生活がリアルに描かれる例の一つである。

これが当時の実情に即していたであろうことは、山川菊栄の伝える話に出てくることからも言えよう。その話とは水戸藩でのことであるが、おそらく共通の事情が各藩にもあったのではないだろうか。「水戸藩士約千人のうち、百石以下が七百人、この百石以下の平士は内職を許されていましたし、禄《ろく》だけでは生活できないので、家族も、無役の人は当主までもいろいろの内職をしました。それ以下の同心（足軽）ともなれば、半農半工、田畑も作り、内職もして、かろうじて暮らしたのでした。」（山川 1983：22）清兵衛の場合もそのような平侍だったわけである。ただ原作の場合とは異なって真面目な人間として描かれており、憐れみと軽蔑とが半ばするように妻の死後の生活の困窮ぶりやむさくるしさが同僚たち（赤塚真人・北山雅康・佐藤正宏）の酒の肴にされるほどである（シナリオ 28 参照）が、あまり好意的には扱われてはいない。

同僚たちと言えば、勤務中はそれなりに真面目に勤めているのだが、下城後一緒に飲み屋に出かけていって酒を飲むこと程度しか楽しみがないような、しかし同僚仲間たちとのつきあいや上役の意向そして権力抗争の行く末を気にし、小心翼翼としながら働いている彼らの様子が描かれている。その姿にはなかなかリアリティーがある。彼らは、ほとんど現代のサラリーマンと変わりがないようである。彼らとは対照的につきあいがわるくて酒の席に連なったりしない清兵衛は「詰まらねえ男だのう」（シナリオ 27）と言われたりする。職場での清兵衛はいささか受けがよくないのだが、ここで描かれている同僚たちの姿から見れば彼らの受けがよくないのも当然であるというその事情がよく分かるように丁寧に描かれている。

藩主の見回りの際、説明にあたった清兵衛は妙な匂いを発して、そのむさくるしさを藩主にたしなめられる。「よいか、そちたち家中のものは庶民の模範とならねばならない。むさくるしいのはいかんぞ」(シナリオ30)。これは、清兵衛の困窮ぶりが身体のむさくるしさにまで及んでいることを描く哀しくもおかしなシーンである。これは原作でも共通である。その身なりのむさくるしさ故に「祝い人助八」と主人公が呼ばれるのだが、このことがうわさばかりではないということが、藩主にたしなめられた事件で実証されたわけである(助291参照)。

このような共通性にもかかわらず、周囲の対応は、映画と原作とでは少し異なっている。上司久坂(小林稔持)の対応は、映画では厳しく、清兵衛を殴りつける(シナリオ30参照)。ただし、映画でも久坂は好人物に描かれてはいるが(清兵衛を迎えにきて、笑顔で以登の年齢を尋ねたり、藩命を受けた清兵衛に万一のときの家族のことを世話する約束をする描写など。シナリオ47,49参照)。これに対して、原作では久坂は家老からの叱責に対して、助八をかばう側に立つ(助291参照)のである(久坂の名前は原作では庄兵衛(助289)であるが、映画では長兵衛(シナリオ24)に変えられている。理由は不明である)。主人公に対する「傷心の男やもめ」(助296)という周囲の買いかぶりと本人の実態とのずれが原作におけるおかしさを生んでいるのである。(この点は、ユーモアについての項でも述べる通りである。)

妻の実家との身分の差という点も、主人公の社会的位置を示す重要なポイントである。この身分の差を主人公は痛切なものとして妻との関係において体験する。原作では、そのせいで波津と助八との再婚話の行き違いになる（助311、後述参照）のだが、映画においても同じように描写されている（シナリオ42-43、後述参照）。ただし、映画では飯沼家の石高は四百石（清兵衛は五十石、小説の清兵衛に同じ）であり、原作の百石（助八は三十石）より、石高の差、したがって身分の差は拡大され、強調されている。

② 朋江

映画でのもう一人の主人公朋江（宮沢りえ）という名前は映画にのみ登場する（亡妻の名前は不明。「死んだ妻」とされている。シナリオ43）。原作では多美・波津（亡妻は宇根）・奈美であるが、映画では名前が変えられている。理由は不明である。最も近い人物は波津であろうが、原作との違いを示すためであろうか、脚本家によって創造された人物として命名されたと思われる。朋江という名前は、藤沢の別の作品（「雪明かり」藤沢1982a参照）に登場するが、まったく別の人格のものである。

物語の流れからみて二人の主人公がどのように出会ったのかが重要である。まずどのようなきっかけで朋江が清兵衛のところへ行ったのかということが問われるであろう。これについて朋江のような振る舞いが果たしてこの時代に自由に出来たかどうか疑問がなくはないとする指摘（註2参照）もある。このことは、映画では、倫之丞の妻（深浦加奈子）が朋江に言う言葉によって示されている。「よがんすか、朋江はん、ひとかどの侍が道端で若いおなごと立ち話するなんて大変みっともないことでがんす。ましてや、あなたは出戻りの一人身で縁談も進んでいるのでがんす。昼日中、人通りも多いときに、そげなことをするものではあり［ま］しね。」（［ ］内は引用者。シナリオ46）これは原作の方が分りやすいと言えよう。というのは、波津には前夫の暴力からの避難のために泊めてもらうように兄に言われたという（助300参照）理由があるからである。映画ではこの点は触れられず、機織から逃げ出してきたという（シナリオ35参照）。

これは、朋江がそれだけ自由な人間であることを表現しているのであろう。しかし、このように自由な人間として描くとしても、当時の一人の女性が他家を訪れる最初のきっかけとしては、兄にそのように指示されたという原作の方が説得的であろう。この点に関して山川菊栄の伝えるところが示唆的である。それによれば、武家の女性には自由はなかったようである。「良家の婦人が外へ出るのは盆暮に実家への挨拶《あいさつ》、親戚の吉凶、親の命日の墓参り、神社の参詣《さんけい》ぐらいのもので、ほかにはまず出ませんでした。」（山川1983：23）朋江は、映画のナレーション（シナリオにはない）によれば、武家の者が町人や百姓の祭に出かけるのは禁じられていたけれども、それには一切構わず祭見物に出かける活発で自由な女性である。朋江は、禁令を無視して、清兵衛の娘たちを連れて祭見物に出かけて、娘たちと大いに楽しむ。映画の中でも華やいだ解放感の溢れるシーンである(「縫ってくださった着物を着て出かけたお祭りの、何と楽しかったことでしょう」シナリオ42)。

朋江の人間像とは対照的に、清兵衛に縁談を持ってくる伯父の藤左衛門(丹波哲郎)の言葉は当時の女性観を代表していると思われる。

「藤左衛門『さて、本日わしがわざわざ出向いたのはほかの話ではね。お前の縁談を持って来た。一刻も早く働き者の嫁貰って、このようなみっともね暮らしから抜け出さねばならね。わしの古い付きあいの庄屋に行かず後家の娘がいて、お前の話をしたらぜひともと言う。勿論貧乏暮らしで二人の娘に耄碌した婆様までいることは伝えてある。ただし、色白であるとか別嬪であるとか、そのような贅沢を言えないことはお前もわかってるな。何よりも体が丈夫で尻が大きくて、子どもたくさん産む女が一番だ。なに、顔などあればいい。この話、進めるぞ。文句はあるめえの』」(シナリオ31-32)

ここには、当時どのように女性が捉えられていたかが示されている。「働き者」で「子どもたくさん産む」という点に「嫁」の位置付けがある。それは、「家」制度のもとで要求された位置付けであろう。朋江によって現わされている女性像は、このような「家」制度における位置付けを超えるものであろう。

③　家族

言うまでもなく、親子関係の捉え方は家族観の重要な要素である。この関係は、映画では詳しく描かれており、原作の場合よりも大きな役割を果たしていると言えよう。娘二人という家族構成は原作「竹光始末」から採られたものであろう。母親の登場と合わせて家族の視点を強調するものとなっている。この視点により、物語が膨らみを持つようになったと言えよう。

下の娘の名前は映画でも原作と同じく以登（竹 24）である。この以登は原作ではよく食べると言われていて、家族持ちの主人公の大変さを物語るという役割が与えられるだけである。これに対して、映画では語り手というより大きな役割が与えられている（語り手および映画の終わりの墓参りのシーンに登場する晩年の老女としては岸惠子、同シーンを除き語り手の回想としての映画の中で全篇を通じて登場する少女時代は橋口恵莉奈）。つまり、物語の時代としての近代以前の幕末期を明治維新後の近代と対比させるという役割である。おそらくその点から、原作では三歳であった（竹 16）のが映画では後年まで記憶を持ち続ける五歳という年齢設定がなされている（シナリオでは六歳となっている。同 47）のであろう。上の娘は原作では松江という名前（竹24）で出ているが、まだ五・六歳という設定（竹16）である。映画では萱野（伊藤未希）という名前に変えられている。彼女は十歳（シナリオ31）の娘として亡き母親（清兵衛の妻）に代わって健気に家族を支えるという点で、これもより大きな役割を果たしている。

映画では清兵衛と娘との関係が家族の関係を示す重要なポイントとなっている。これは、母親が亡くなっているという設定によるところが大きいであろう。とりわけ下の娘以登にとっては母親との関係はきわめて薄い。全篇の冒頭のナレーションでそのことが語られている。「長患いの果てに母が亡くなったのは、私が五歳の時でした。母の病いは労咳でしたので、物心ついたころから側に行くことを禁じられていました。だから、母の思い出はあまりありません」（シナリオ26）。娘たち、とりわけ以登は母親の思い出もあまりないのだから、それだけ父親との関係が重要になる。この関係は、清兵衛が何を最も大切なものとしているのかを示している。それは、伯父の藤左衛門に再婚をするように迫られたとき、清兵衛は娘の成長を楽しみとする自分の生活について語るところに描かれている。

「清兵衛『私は、今の暮らしを、おんつぁまたちが考えておられるほど、惨めだと思っておりません。確かに風呂さも入らず、お上にご不快なお思いをさせもうしたこと、これはよくない、二度とこういうことがないように心がけます。しかし、二人の娘が日々育って行く様子を見ているのは、例えば畑の作物や草花の生長を眺めるのにも似て、実に楽しいものでがんす。おんつぁまが世話して下さる方が、この気持わかって下さるかどうか』」（シナリオ32）。

ここには清兵衛がほとんど農民の立場で生きていることが語られている。これは、伯父の「畑の作物と縁談と何の関係があるんだ」（同）という言葉に対置されている。ここには身分の差を越えた人間と人間との関係への志向が示唆されている。

清兵衛がこのことを娘たちに語るシーンは感動を呼ぶ。

「清兵衛『お前がた、あのおんつぁま好きか』

萱野と以登、大きく首を振る。

清兵衛『嫌いだか。俺も大嫌いだ』

萱野と以登、思わずにっこりする。

清兵衛、仕事を続けながら、

清兵衛『今日あのおんつぁまはな、おとはんさ縁談持って来たなだども、俺は断ったぞ。あのおんつぁまの世話で後添いなど貰いたくはねえのだ。牛や馬の売り買いではあんめえし、体さえ丈夫ならいいなどと言う言い方をしては、向こうの人にも失礼千万だ』

清兵衛、仕事をする手をふと止め、二人の娘を眺める。

清兵衛『お前がた、おかはんがいねと寂しいか』

萱野、首を横に振る。

萱野『おとはんがいてはるさけ、寂しくね』

以登も大きく頷く。

清兵衛『いい娘だ』

思わず目を潤ませ、二人の頭を撫でる清兵衛」（シナリオ32-33）

映画では母親加代（草村礼子）の登場が原作と大きく異なっている。この人物設定によって、現代の高齢者介護の問題への視点の広がりが可能となった。原作でこれにあたるのは手伝いばあさんのおかね（助296）であろう。おかねは「もう七十近い年寄りで飯炊き専門、ろくに家の中の掃除もせずに、ひまさえあれば台所で眠りこけている。／ひょっとしたら使えなくなった厄介《やっかい》ばあさんを回してよこしたのではないかと、助八が親戚の良心を疑ったほどの耄碌《もうろく》ぶりだった」（助296-297）とされる人物で、これだけでユーモラスな雰囲気を持っている。しかし、それ自身物語に果たす役割は大きくはない。ただし、助八が上意討ちに際して髪を結って身なりを整えようとするとき、役に立たなかったことが波津を呼ぶきっかけになる（助315参照）。この点は、映画でははっきりとはしていない。母親のボケということが朋江を呼びにやることの理由になっているのであろう（シナリオ50参照）。ここでは当然のこととされるのか、母親とのやりとりはない。原作では、おかねばあさんに髪を結えるかと尋ねると、「むかしはやりましたけれどもね、近ごろは出来ませんよ」というつれない返事がかえってきて、「何にも出来ないばばだな」と助八が思案にくれるというそれ自身なにかおかしいやりとりがある(助315参照)。しかし、このことが助八に波津に助けを求めるというきっかけになっている。つまり、結果的におかねばあさんは助八と波津とを再び結びつける役割を果たすことになるわけである。映画では、このようなきっかけは描かれていない。

母親の果たす役割との関係で本家の伯父井口藤左衛門が登場し、本家―分家の関係や親戚付き合いという「家」制度が持ったであろう意味をユーモラスな味わいとともに示している（葬儀の列で滑ったり、清兵衛に縁談を持ってきたときに清兵衛に断られて腹を立て熱い茶釜の蓋に触れて火傷しそうになり、蓋を取り落として灰神楽にまみれたりする。シナリオ26,32参照)。ただし、ボケた自分の妹を世間体を気にして容赦なく扱う俗物として描かれている。「ほんとにみっともね。隣近所の手前もある、柱にでも縛りつけて置け」（シナリオ32)。これは、痴呆症状に対するこの時代の受け取り方を表現しているのであろう。

同じく映画では中間直太（神戸浩）が原作にない人物として登場する。貧しい平侍の清兵衛が中間を置くということにどこまでリアリティーがあるのかが問われよう。この点については山川菊栄の伝えるところが示唆的である。それによれば、水戸藩の場合には家来をおいていたようである。「平士の身分では、女中はおかない家が多くても、家来はなるべくおくことになっていました。」(山川 1983 : 22) この点から見れば、下級武士である清兵衛に中間がいてもおかしくないわけである。当時においては中間もまた広い意味の家族の構成員として位置付けられていたのであろう(炊事などの雑用をするだけではなく、座敷には上がらないとはいえ、食事を一緒にとるシーンがある)。映画での直太は、原作のおかねばあさんの役割を部分的に受け継いでおり、母親加代とともにこの映画の人間像のやわらかさを示している。直太は少し知的な障害を持っているようである。朋江に清兵衛からの伝言を伝えにいくときの頼りなさがなにかおかしいのだが、いかにも山田洋次監督作品らしい人間像である(註9)。

隣家の女房しまは、葬儀のシーンや、清兵衛が果し合いから戻るシーンに姿は出てくるものの、物語には直接登場しない。これは、隣近所との人間関係を描いてきたこれまでの山田作品とは異なっている。近所付き合いについては、それが清兵衛のむさくるしさの原因となった忙しさの一つとして挙げられているにもかかわらず、それ自体としては描かれていない。おそらく同僚たちも近所に住んでいたはずであり、それが藩社会の狭さを示すと思われるが、この点も描かれていない。この点が描かれないということによって、かえって清兵衛が同僚たちから離れて孤立していたということを描いているのであろうか。狭い藩社会の身分制度のもとでの人間関係に対比する仕方で主として家族の範囲に人間関係の描写が限定されている。むしろここに、藩における身分制度のもとでの関係ではなく、家族の関係を描くというところに、この映画の立脚点があるのであろう。ただし、隣近所とのつながりについてまったく描かれていないというわけではなく、シナリオでは米を「お隣から借りて来る」（シナリオ45）という言葉がある。このシーンは編集上カットされたようである（特典ディスク参照）。朋江に手伝いを頼むというストーリーからすれば、隣近所との関係についてはその位置付けが難しいことであろう。それ故、この関係の描写は省略されたのかもしれない。原作では、助八はもともと「暮らしの箍がはずれた」人物として描かれており、隣近所との関係は描かれないのだが、それはそれで一貫している。

(3) 主人公の思いの告白

朋江がなぜ清兵衛の後妻になったのかという点について森鷗外の「安井夫人」への言及による説明が脚本家によってなされている。朝間は言う。「学問の分野でその才能は広く知られてはいても、容貌が嘲笑の的になっている青年安井仲平のもとに、美貌の娘佐代が自ら進んで嫁いだという、一人の女性の不思議な選択を巡っての物語」に出てくる「『遠い、遠い所に注がれて』いる『美しい目の視線』を、朋江という娘に仮託した」（朝間 2003：23）、と[註10]。確かに原作に映画と同様の説明を求めるのは難しいかもしれない。原作では波津が後妻になるところは触れられてはいない。しかし、このことを原作における波津の描写にも読み取れないというわけではない。そこには以下のように波津の思いがそれなりに描かれているのである。

助八が果し合いのための身支度を波津に頼むのは、はじめはおかねばあさんに出来ないことを頼んだにすぎないのだが、助八は波津の立ち居振る舞いによって、自分に欠けていたもの、つまり家族というものに気づくのである。

「助八が縁談のことを口にする気になったのは、落ちついてしかもテキパキと支度をすすめている波津の姿に、つかの間の家族の幻影を見たせいだったろう。

波津がそこにいるだけで、身のまわりがあたたかいのを助八は感じた。そしてやもめ暮らしの歪《いびつ》さも、このときはよく見えたのである。

『前に倫之丞どのから言われた話だが……』

目を閉じて髪を結ってもらいながら、助八が言った。幸福感につつまれていた。

『波津どのさえよければ、この家に来てもらおうかと思うのだが……、いかがだろう』

髪を結う手がとまった。しかし波津は何も言わずにまた手を動かした。そしてしばらくしてから言った。」(助 315-316)

波津は、助八の結婚申し込みに対して断る。ただその断り方は波津の思いが助八の幻影と必ずしも無関係であったわけではないということを告げている。

『もう少しはやく、その話をおうかがい出来ればよかったのですけれど』

『……』

『ついこの間、よそとの縁組が決まったのです』

『おう』

と助八は言った。にわかに目がさめたような気がし、助八は自分の身勝手な思いこみが恥ずかしくてならなかった。」（助316）

「暮らしの箍がはずれた」ような助八も自分勝手であったことに恥ずかしさを覚えるというように、相手に対して真摯に向き合うそれなりの人間としての態度を保っている。ただし、その言葉は依然としてのんびりした調子であるが。

『これは失礼した。すると、こんなことをやってもらってはいかんのですなあ』

『いいえ、かまいません。呼んでいただいてうれしゅうございました』

『しかし、めでたい』

『いいえ、そんなにめでたいお話でもないのですよ』

波津が小さな声で言った。

『あちらさまは、御子が二人もおられまして、齢《とし》もずいぶん……』

波津の言葉は、町々を抜けて殿村の屋敷がある鷹匠町《たかじょう》にむかう途々《みちみち》、助八の胸中に浮かんでは消え、浮かんでは消えした。波津のためにも、自分のためにも、何か途方もない間違いをしでかしたらしいと思い、助八はめずらしく気持が滅入《めい》った。」(助316-317)

ここには果し合いの相手の屋敷に向かう途中での助八の心の動きが描かれている。果し合いの前にしては、ややちぐはぐな感じを与えるような自分自身のしたことへの反省がなされるのだが、そのような場面になってはじめて自分の間違いに気が付くというこの人物のおかしさが描かれているわけである。波津への思いは自分勝手な思い込みであったのではなく、波津自身にとっても大事なものであったという確信とともに、それを実現する機会を失ったことへの後悔の念が現われている。二人の会話はそのような二人の関係の回復の可能性を垣間見せたわけである。ややのんびりとしたユーモラスなやりとりの描写のうちに藤沢による人間と人間との関係の把握が示されている。この把握は、果し合いを命じられることの非情さと対比されるであろう。この二人の関係の回復がどのようになるのかは、果し合いの後の物語が示している。

このシーンは、映画では原作より直接的に朋江への清兵衛の思いの告白として表現されている。その前段では、朋江の問いに答えて清兵衛の武士としての態度が表明されている。「なぜ、清兵衛様が果し合いに?」「藩命には逆らうわけにはいきましね。私も侍のはしくれでがんすさけ」(シナリオ51とは異なる映画での台詞)清兵衛は、あくまで朋江に対して、きっぱりと「侍」としての覚悟を述べている。ここで泣き言など言わないのは、武士としての名誉にも関わることであろうし、また一人の人間として自分の課題に向き合う当然の態度であろう。そのような誇りを持った人間として、清兵衛は朋江に向かい合っているのである。

だからこそ、次の思いの告白も切実なものとして、現代のわれわれの心に響く。

「清兵衛『先日倫之丞からあなたを私の嫁にというお申し出があったのを、私はお断りしました。そのことはお聞きでがんしょか』

朋江、頷く。

朋江『存じております』

清兵衛、急に激して言う。

清兵衛『だども、あの日から――倫之丞の申し出を断ったあの日から、私はあなたを思うようになりました』

顔を上げる朋江。

清兵衛、表情を紅潮させ、激しい衝動に突き動かされるように語り出す。

清兵衛『思えば、幼いころから――雛祭で白酒を注いでいただいたころから、あなたを嫁に迎えることは私の夢でがんした。その夢は私が妻を娶っても、あなたが甲田に嫁いでも、いささかも色褪せたことはござりません。これから私は果し合いに参ります。必ず討ち勝ってこの家に戻って来ます。そのとき、私があなたに嫁に来ていただくようにお頼みしたら、受けていただけるでがんしょか』
朋江、首を横に振る。
朋江『数日前縁談がありました。会津のご家中でがんす。私、お受けしました』
清兵衛の全身から緊張感がすっと抜けて行く。
清兵衛『――とても失礼しました。こげだことをお願いしては悪かったのでがんすのう』
朋江『いいえ、呼んでいただいてありがとうがんした』
清兵衛、虚しい笑い声を上げる。
清兵衛『私が馬鹿でがんした。今申し上げたことはどうかお忘れ下さい。――んですか、会津のご家中。さぞご良縁でがんしょうのう』」（シナリオ 52）

ここには、原作のようなややのんびりとした調子はない。映画の清兵衛の性格を示すように、切迫した調子を帯びている。縁談の中身も藩の範囲を越えて、大掛かりになっており、上級武士の家の間の縁談ということであろうか。原作とは異なって映画では朋江の気持は言葉では表現されていない。清兵衛の態度は、助八より真面目なものであり、あくまで節度を保っている。

清兵衛が上意討ちに出かけた後、彼から自分への思いを告白された朋江の思いは複雑であろう。その彼女が今度は母親加代からまた名前を訊かれることになるのである。それだけ加代のボケが進行しているわけである。

「朋江『お婆様、今日はご気分いかがでがんすか』
加代『どうもありがとうがんす。あなたはどちらのお嬢様でがんしたかのう』
朋江『はい、私は清兵衛様の幼なじみの朋江でがんす——』」（シナリオ52）

朋江にとっては時が時だけに余りにも切なく無情な問いかけであろう。こうしておかしさとかなしさとが重なり合っているのである。

(4) 果し合いの描写

映画のクライマックスの果し合いに至るきっかけは、原作では助八が父親の戒めを破って、その戦闘技術を人前で披露したことが藩内で評判となり、上意討ちの討手に選ばれてしまったことによる。そのようになってしまったのも、それは、妹を甲田豊太郎と離縁させたことで豊太郎から言いがかりを付けられた親友倫之丞に助八が同情した故である。「暮らしの箍がはずれた」ような助八だが、木刀をにぎったことないような倫之丞に果し合いを強い、上から咎められないようにうまくやろうとする甲田に対してはさすがに武士として許せなかったのである。さらに婚家の中で姑にではなく、当の夫の豊太郎に痛めつけられていた波津に同情したのである。このときの主人公の心の動きは、映画では分かりにくいが、原作では分かりやすく描かれている。

『波津に未練はない。いやなものは仕方ないだろう。だが、貴公に対しては言い分がある。貴公のおかげで、女房に逃げられた男とまわりの笑いものにされた。そこの気分をすっきりさせるために、一度立ち合えと言っておる。それで双方ともにさっぱりするんじゃないのか』

『しかし、それがしは……』

倫之丞がかすれた声を出した。

『はっきり言うが、木刀などにぎったこともない』

『そんなことはこちらの知ったことか』

豊太郎がひややかに言った。冷酷な本性を剥《む》き出しにしたような言い方だった。豊太郎はねちねちとつづけた。

『どうしてもいやなら、来なくともいいのだ。しかしそうなるとこっちも気持ちのケリがつかず、また時どきこちらに邪魔することになるかも知れんなあ。それでもかまわんのか。おっと……』

豊太郎が片手を上げたのが見えた。

『上にとどけ出るのはやめた方がいい。こっちはお咎《とが》めをうけるようなヘマはせぬ。もっとうまくやる』

武士の風上にもおけぬ男だな、と思ったとき助八は、いつの間にか袴《はかま》のうしろをにぎっている波津の手が、まるで瘧《おこり》を病んだようにはげしく顫《ふる》えているのに気づいた。振りむこうとしたとき、一瞬にして助八の腑《ふ》に落ちたものがある。

――この男を、恐れているのだ。

なぜ、もっとはやく気がつかなかったかと思った。

波津が離婚したことを助八に話したとき、倫之丞は波津はよほどいじめられた様子だと言った。その言葉を助八は、単純に世の嫁姑《しゅうとめ》の関係と思いこみ、波津は姑にいじめられたのだろうと解釈したのだが、いじめたのはどうやら目の前にいるこの男だったようである。

波津は多分、人を苛《さいな》んで喜ぶ男に嫁入ったのである。さっきからの男の言い分を聞いていると、それがよくわかった。

助八は家にたずねて来たときの波津が見せた、奇妙な笑顔も思い出していた。あれは一番訴えたいことを訴えかねている笑いだったに違いない、と思ったとき、助八は静かに波津の手を捥ぎ放して前に出ていた。

『その果し合い、代役ではいけませんかな』(助 305-306)

この時代にも《も》ドメスティック・ヴァイオレンス(家庭内暴力)があったというわけである。

藤沢の人間理解は人間の深いところに及んでいるのである。物語の構成としてなかなか現代的な問題が示されており、否定的な形ではあるが、これもまた人間には変わらないものがあるということの描写であろう。映画では清兵衛は朋江の兄倫之丞からこの事情をあらかじめ聞かされていたという設定になっている（シナリオ 34 参照）。これはこれで分りやすい。原作では助八がその場で事情を知り驚いてしまって、亡父の戒めをつい忘れて果し合いの代役を買って出て亡父から伝えられた剣の技を人前で披露してしまうことになるという心の動きが説得的に描かれている。その剣の技を人前で披露してしまった結果、亡父の予言した災厄が降りかかって来た（助 312 参照）のである。しかし、そのことは、お人好しでいささか軽率なところのある助八の性格故に起こったのであり、そこに物語の成立の根拠があるわけである。そのおかげで、われわれ読者は映画の骨子となる物語を楽しむことができるのである。

それぞれ上意討ちの決闘で斬り合いが行われるのだが、原作では決闘そのものは比較的あっさりと描写される（竹 52-53、助 318-319 参照。清兵衛の場合は城中での権力者の家老に対するほとんど一方的な上意討ちであり、果し合いにおける斬り合いではない。清 40 参照。ただし、前権力者派の剣士との斬り合いが別にあるが、これもあっさり描写されている。清 42 参照）。つまり、原作においては斬り合いには重点が置かれてはおらず、むしろ主人公のおかしさが主題である。これに対して、映画では斬り合いが全篇のクライマックスとなっている。これは、映画ならではの描写であろう。この激しさ故に、その後の清兵衛・朋江の二人の描写も原作よりその感動の大きさを強めていると言えよう。

ただし、映画は原作「竹光始末」から決闘シーンを採っているので、異なる点もある。例えば、身支度が異なる。映画では余吾善右衛門は着流しに白足袋を履いているという姿で登場する。これに対して、「竹光始末」では逃げるために旅支度している。映画でも言葉では「逃げる」と言う（シナリオ53参照）けれども、先の姿では決闘の相手である清兵衛にとってはこの言葉には余り説得力がないと思われる。

何故逃げるのか、その理由も異なっている。原作では、果し合いに勝つ自信がないことという正直な理由である。「なぜ、逃げる。これはいわば果し合いで、貴公にもこの藩に残る機会は与えられておる」／「それは聞いておる。だが腕に自信がないし、ま、勝てそうもないからの」(竹50) そして、ここでの余吾は、武士としての覚悟はないようである。百姓でもやるかという。「いや、正直のところを申すと、武家勤めがほとほと厭《いや》になっての。国へ帰って百姓でもやる積りじゃ」(竹50)。ずっと浪人してきたかと言えば、そうでもないところからすると、余り腰が据わっていないようである。「途中勤めたが長続きせなんだ。今度こそはと思ったがこの始末での。もう主取《しゅうど》りは懲《こ》りた」(竹51)。主持ちの身分に懲りたことということこれも正直だが、結局個人的な理由である。この段階では余吾はこの通りに逃げるつもりであり、相手の旅支度を見て、主人公小黒丹十郎は「これでは斬《き》れんな」（竹51）と思うのである。そして、およそ決闘に際しての話としてふさわしいとは言えない二人の身の上話になるわけである。

これとは異なって原作「祝い人助八」では相手は斬り合いのための身支度をしており、始めから決闘が行われるのである。「助八は刀を抜くと、すばやく青眼に構えた。そのときはじめて、殿村の身支度が目に入って来た。殿村弥七郎は伊賀袴《いがばかま》をはき、足もとを草鞋《わらじ》で固めていた。助八を屠《ほふ》って、城下を出奔しようという意味ではなかろう。おそらくは斬り合いのためにその身支度をしたのだと思ったとき、助八は背筋に寒気が走るのを感じた。／斬り合う相手は剣鬼だった。さっきの笑いは討手の助八に好敵手を見出《みいだ》した満足の笑いだったのだろう。予想どおりの難敵だと助八は思った。その鬼はおよそ十間の距離を置いて、刀を八双に構えた。と思う間もなく、その刀を高く担《かつ》ぐようにして疾走して来た。腰の据《すわ》った見事な走りだった。／助八は足袋はだしの足をしっかりと配って、その斬り込みを待ちうけた。長い戦いがはじまった。」（助318-319）助八は、はじめて真面目になるわけである（ここでは果し合いそのものは描写されていないので、助八の剣の技がどのようなものかは分らない。この点は、甲田豊太郎との果し合いで描かれている。後述参照）。

そこには武士としての名誉が懸かっている。自分の立ち居振る舞いについての自尊の感情であり、そのようなものとして社会的に承認されることであろう。新渡戸稲造によれば、武士にとって名誉とは最高の善であった。「名誉 honour は――しばしば虚栄もしくは世俗的賞賛 vainglory or worldly approbation に過ぎざるものも――人生の至高善 the *summum bonum* of earthly existence として尊ばれた。富 wealth にあらず、知識 knowledge にあらず、名誉 fame こそ青年の追い求めし目標 the goal toward which youths had to strive であった。」（新渡戸 1938=1974 : 76 ; Nitobe 1969 : 79）

この点は原作では「へそ曲がり」（助 313）として描かれている。「殿村は寛大な処分には感謝のほかはない、仰《おお》せにしたがって家の者は残らず領外に出させていただく。ただし自分はこの土地、この屋敷で生を享《う》けたものである、他領をさすらうのは堪えがたいので、ここで死にたい。藩は討手を送れ、と言って来た。」（同）通常の感覚では理解しにくいけれども、ここには動かしがたいような一つの生き方へのこだわりがある。これも武士としての美意識なのであろう。

この点では、映画での余吾善右衛門（田中泯）はより凄惨な姿で描かれている。ここでの余吾は原作「竹光始末」の余吾とは異なって剣客であり、すでに清兵衛より前に一人の討手を倒しているのである。検分役の藩士（中村信二郎）がその凄さを語る。「倒れているのは目付役服部玄蕃殿でがんす。死体を引き取りに行かねばならねのだども、おっかなくて誰も手が出ません。くれぐれも油断なさるな。余吾善右衛門はもはや人間ではねえ、けだものでがんす」（シナリオ53)。ここでの「けだもの」という表現は、果し合いをする者についての形容である。これは、上意討ちの討手を命じられた際にも清兵衛が用いる表現である。そのとき、果し合いのためには「けだもの」にならなければならないが、清兵衛は自分はそのようになっていないと一度は断る。この表現は、剣鬼さながらの余吾の凄さを形容するぴったりの表現なのであろう(後述参照)。

他方では「竹光始末」の場合と同様に映画でも余吾は「逃げる」とも言っているのだが、これは武士の名誉という点ではやや分かりにくいところがある。ただし、武士の時代の終わりを見通してのことであるが。清兵衛にどこに逃げるのかと問われて余吾は答える。「あの山を越せばもう藩外、追手はやって来ん。日本中で浪人がうろうろしている時代だ。奴等に紛れて京に上るのもよし、江戸に下るのもよし。そうやって何年か過すうちに、なあに、世の中は変わる。侍の時代などおしまいだ」(シナリオ54)。映画が幕末に時代を設定している意味がここにも現われていると言えよう。

そのような態度を採る理由は、時代の変化への見通しがあるにせよ、政争に敗れた上役に仕えた者に切腹を命じることの理不尽さであろう。長い浪人暮らしの七年、仕官を求めての旅の途中で妻を失い、やっと仕官した日々の後娘まで失ったという。それだけ余吾にとって仕官して藩士として暮すことは切実なことであったに違いない。そしてそのことは、武士であることと合致していたはずであった。しかし、藩士としての忠勤の結果が政争に敗れた故の切腹の命令では、これに従うことはできないというわけである。「わしは剣には自信はあるが、性格の上では欠点もある、酒癖の悪いのも知っている。しかし、この海坂藩に仕官できたときは、今度こそ態度を改め、海坂藩の家中として一生相勤めよう――そう覚悟して懸命に働いた。たまたま上役が長谷川志摩殿。ご家老もわしのことを気に入られて、何かと引立ててくれた。わしにとって、長谷川志摩殿に仕えることは海坂藩主に仕えること、長谷川殿の命は藩主の命と信じて忠勤を励んだつもりである。それのどこが悪いのだ、たそがれ。わしは何で腹を斬《(ママ)》らねばならんのだ」（シナリオ54）。これは、上役自身のことであればともかく、その部下にすぎない者にとっては理不尽この上もないことであろう。この余吾の描き方にはこの時代の事情に重ねた現代社会の事情への山田監督の思い入れが示されているに違いない。

　映画のもう一つの果し合いのシーンでは、甲田豊太郎（大杉漣）にとっても余吾にとってと同様に武士の名誉が大切なものとして受け止められている。それは、体面に囚われる俗物という側面を示しているということもあるだろうが、それなりにその時代の武士の規範となっていたと思われる。豊太郎が朋江を離縁させた兄倫之丞（吹越満）に怒りを向ける（シナリオ37参照）のは、その点である。「朋江に未練はない。俺が嫌なら出て行くがいい。んだども、いいか、飯沼、貴様に対しては言いてえことがあるぞ。お上にまで頼み込んで力づくで朋江を離縁させたのう」「俺は女房に逃げられた男と、城中の笑いものにされた。貴様のせいだぞ。表さ出ろ、勝負する。」倫之丞に代わって果し合いに臨んだ清兵衛の手にした棒を見て「俺を馬鹿にするのか。刀を抜け！」（シナリオ39）と怒る。武士の名誉は、刀による斬り合いで表されるのである。ただし、映画では「命のやり取り」となる「私闘はご法度」（シナリオ38）とされているのだが、清兵衛が棒で闘うのに対して、甲田は真剣である。この点の説明はなされていない。

原作では甲田と助八との果し合いは木刀と棒とによるものであり、真剣によるものではない。その描写は上に触れた殿村弥七郎との果し合いよりも詳しく、なかなかの迫力がある。「二人は足場を定めてむかい合うと、得物を構えた。豊太郎は木剣を青眼に構え、助八は棒を右斜めに構えた。大男の豊太郎が構える木剣には、相手を威圧する迫力がある。しかし背丈こそ見劣りするものの、骨太な身体つきの助八が構える棒にも、なみなみならぬ修練のあとが窺えるのを、男たちは認めた。不用意に打ちこめば、左斜め上から棒が襲いかかるだろう。／わずかずつ足場を移しながら、二人の対峙《たいじ》は長くなった。見ていた男たちは息を呑《の》んだ。隙《すき》のない棒の構えもさることながら、助八の眼光の鋭さに圧倒されていた。助八の印象はさっきとは一変して、猛禽《もうきん》のような瞬《またた》かない眼《め》が豊太郎の動きを窺っていたのである。／しかし、先に仕かけたのは豊太郎だった。気合とともに鋭く踏みこんだ豊太郎が、助八の肩を打った。神速の打ち込みだったが、助八の引き足の方が速さで勝った。助八は流れるようにうしろにさがった。四尺の棒が、その瞬間ほんの一尺ほどに縮んだのを男たちは見ている。／助八は踏みとどまると、そこからわずかに一歩、逆に踏み出した。その動きが豊太郎の打ち込みをぴったりと迎え撃つ形になったと見えたとき、助八の手もとに繰りこまれていた棒が、魔のようにのびて豊太郎の小鬢《こびん》を打った。ぱんと、乾いた音がした。／見ていた男たちの目には、一閃《いっせん》の白光が動いたとしか見えなかったが、豊太郎の身体ははじかれたようにうしろに飛んで倒れた。そのまま昏倒《こんとう》した。男たちが騒然となったときには、助八はもうその場に背をむけていた。」（助310-311）

読者にも目の前で果し合いが行なわれているかのように感じられるほど、鮮やかな描写である。身分の差も関係なく、戦闘技術による決着という当時の武士の在り方を描いていて説得的である。そして、剣の技を人前で披露したのはやや軽率であったにせよ、少しは剣を使えるつもりの豊太郎の鼻をへし折るという話は、波津や倫之丞に対する助八の同情心が報われたことを示している。しかし、これでことが完結するわけではない。このことが、さらに次の話を展開させることになるのである。つまり、この果し合いのことが藩内の評判になり、家老が上意討ちの討手に選んだ理由もその「水ぎわ立った技」（助314）にあったというわけである。このように、その後の果し合いになっていくという物語の進行も不可避的ではないかと思わせる。そこには、当時における武士の名誉の捉え方に応えるものがあったのであろう。

この点、原作「竹光始末」では余吾は、ただ身分への未練から刀を抜くのであり、名誉とは関わりがない。藤沢は、武士の現実を冷静に見ているのであろう。余吾は、家族の宿賃のために刀を売ってしまった丹十郎の竹光を見て、腕に自信がないので逃げると言っていたのを止め、自分の身分のために闘おうとするのである。

「『ついに刀を売って宿賃を支払った。貴公は一人か』

『さよう』

『まことにうらやましい。妻子を持つと辛いぞ。見られい、中身は竹光《たけみつ》じゃ』

丹十郎は大刀の柄《つか》を引いて、少し中身を見せた。だが、丹十郎の慨嘆に、余吾は沈黙したままだった。

訝《いぶか》しそうに顔を挙げた丹十郎の眼に、邪悪な喜びに歪《ゆが》んだ、余吾善右衛門の顔が映った。余吾の眼は、ひたと竹光を見つめている。

『そうなら、話は別じゃ』

大柄な余吾の身体が躍りあがって、刀を摑《つか》んでいた。」（竹 52）

これに対して、映画では、武士としての名誉への執着が描かれている。この点、山田は武士のリアルな描写の中にも、その理念的な側面を見ていると言えよう。「逃げる」と言っていた余吾が、突然斬り合いに入るのは、自分の武士としての名誉が傷つけられたと感じたからである（註11）。

「清兵衛『困ったのは妻の葬儀でがんす。本家からは井口家として恥ずかしくねえだけのことはせよと厳しく言ってくる。そげな金はねえ。私は半ばやけくそになって、とうとう武士の魂の刀売ってしまったなでがんす』

とろんとしていた余吾の目がきらりと光る。

清兵衛、それには気づかず話を続ける。

清兵衛『父から譲り受けたいい刀で惜しくはありましたども、もう剣の時代ではねえという思いもあったものでが［ん］すさけ。──これは、恥ずかしながら竹光でがんす』

かたわらに置いた大刀を少し抜いて見せる清兵衛、苦笑して余吾を振り返る。

余吾の怒気を含んだ目が清兵衛を睨みつけている。

余吾『お主、わしを竹光で斬るつもりか』

清兵衛、つと見がまえる。

清兵衛『そうではありません。私が戸田先生から教えてもらったのは小太刀でがんす。あなたとは小太刀で戦うつもりでがんした』

余吾『小太刀？　そのようなおなごの剣法でこのわしが斬れると思ってるのか。お主、わしを馬鹿にしておるな』

余吾、だっと奥の部屋に駆け込み、大刀を掴む。

清兵衛、腰を浮かして叫ぶ。
清兵衛『待って下さい』
余吾『さあ、抜け。おぬしの小太刀が何程のものか、見せてもらおう』
清兵衛、懸命に言い返す。
清兵衛『あなたはさっきまで逃してくれって言ってたではねえか。私はそのつもりになっていました』
余吾『黙れ！　逃げるのはお前を斬ってからだ。抜くぞ』」（『　』内は引用者。シナリオ55）

ここでは二人とも刀によって自己の存在を証明しようとする。単なる「侍」であることから、二人は本来の武士として戦闘者同士であり、そのような者として向き合う。小太刀についての余吾の言い方には、刀は大刀に限るという考えがあるようである。そしてそのようなもので自分と闘うとは、自分への侮辱であるというわけである。この小太刀についての考え方は兵法者のうちにあったようである。

その典型的な例として宮本武蔵のそれがある。武蔵は他流批判の中で小太刀を取り上げ、批判している。「一　他流に、短き太刀《たち》を用《もち》ゐる事／短き太刀斗《ばかり》にてかたんと思ふ所、実《まこと》の道にあらず。昔より太刀かたなといひて、長きと短きといふ事を顕《あら》はし置《お》く也。世の中に強力《ごうりき》なるものは、大きなる太刀をもかろく振るなれば、むりに短きを好む所にあらず。其故《そのゆえ》は、長きを用ゐて、鑓《やり》・長太刀《ながたち》をも持つ物也。短き太刀を以て、人の振る太刀の透間《すきま》をきらん、飛びいらん、つかまんなどと思ふ心、かたづきて悪《あ》しし。又すきまをねらふ所、万事後手《ごて》に見え、もつるゝといふ心有りて、きらふ事也。若《も》しは、みじかき物にて、敵へ入《い》りくまん、とらんとする事、大敵の中にて役に立たざる心なり。短きにてし得たるものは、大勢《おおぜい》をもきりはらはん、自由に飛ばん、くるはんと思ふとも、皆うけ太刀《だち》といふ物になりて、とりまぎるゝ心有りて、慥《たしか》成《な》る道にてはなき事也。」（『五輪書』「風の巻」、219-220。現代語訳「短い太刀だけを用いて勝とうとするのは正しい道ではない。昔から太刀、刀とわけて、長い短いをいいあらわしている。一般に力の強いものは、大きな太刀も軽くふるうことができるので、わざわざ短い太刀を用いる必要はないのである。そのわけは、長さの利点を活用して槍や長太刀《ながたち》を使うものだからである。／短い太刀をとくに愛用するものは、敵がふるう太刀の間をぬって、飛びこもう、つけ入ろうと思うのであり、このように心が偏《かたよ》ったのはよくない。／また、敵の隙をねらってばかりいると、すべてが後手となり、敵ともつれあうことになって、よくない。さらにまた、短い太刀によって、敵の中へ入りこもう、一本とろうとするやり方では、大敵の中では通用しないものである。／短い太刀ばかりを用いた者は、多くの敵に対しても、斬り払おう、自由に跳ぼう、まわろうと思っても、すべてが受け太刀となり、敵とからみ合ってしまって、確実な兵法の正しい道であるべきではない。」同 220-221。岩波文庫版校注によれば、当時、小太刀など短刀の操法をとりいれる流派はかなり多かったという。同 119参照）見られるように、武蔵はきわめて実践的に戦闘技術について述べている。

映画では屋内での闘いである故に小太刀が有利だとされ（シナリオ48参照）、清兵衛が討手に選ばれたわけである。余吾は、武蔵流に言えば、「強力なるもの」として自ら恃むところがあったのであろう。彼はそれ故にかえって心が「かたづきて」しまったということになるであろう。原作の小黒丹十郎あるいは映画の清兵衛は貧しさの余り、大刀を売ってしまったのだが、このことが小太刀で闘うということの前提となっている。丹十郎にせよ、清兵衛にせよ、竹光で闘うはずはなく、小太刀の心得があるからこそ、大刀を売ってしまったのであろう。しかし、刀を売るということについては、やはり「武士の魂」を売るということへの後ろめたさは彼らにもあったわけである。

「武士の魂」としての刀について新渡戸稲造の言葉を聴こう。「この凶器の所有そのもの the very possession of the dangerous instrument が、彼に自尊ならびに責任の感情と態度 a feeling and an air of self-respect and responsibility を賦与《ふよ》する。『刀は伊達《だて》にささぬ』"He beareth not the sword in vain"。彼が帯に in his belt 佩《お》ぶるものは心に佩ぶるもの a symbol of what he carries in his mind and heart ——忠義と名誉 loyality and honour の

象徴である。」（新渡戸 1938=1974 : 111 ; Nitobe 1969 : 132）

　映画での斬り合いは、余吾が自らの信ずる忠義と名誉とが損なわれたと感じたことによるであろう。余吾は、忠義に関しては、自分としては彼は上役に尽くすことが藩主への忠誠と信じた（シナリオ 47, 54 参照）。したがって、この自分の従った上司が政争に敗れたからといって、自分への切腹の命令が下されるというのは、理不尽なこと以外の何ものでもない。それ故、この命令に従う必要を認めず、逃げるというわけである。しかし、彼は、清兵衛の言葉が自分を馬鹿にするものであり、自分の名誉を損なうものであると受け取った。映画の余吾は、新渡戸の表現では、「侮辱に対しては直ちに怒りを発し死をもって報復せられた an insult was quickly resented and repaid by death」（新渡戸 1938 = 1974 : 76 ; Nitobe 1969 : 79）ということになるであろう。

　では、この名誉がどこまで主人公を支えるものでありうるのか。この点については、藤沢作品においても山田作品においても、主人公の思いとして描かれるのだが、その描き方は必ずしも肯定的ではなく、むしろ懐疑的であるように思われる。ここには新渡戸によって武士道における「名誉」として取り上げられた原理の遂行から逸脱した事態が描かれている。すなわち、そこに生命を賭けるに値しない事態である。「生命はこれをもって主君に仕うべき手段なり the means whereby to serve his master と考えられ、しかしてその理想 its ideal は名誉 honour

に置かれた。」（新渡戸 1938 = 1974 : 85 ; Nitobe 1969 : 93）藩命なるものが真に主君に仕えることになるという確信がある場合であればともかく、実際は理不尽なものでしかない故に、余吾は「逃げる」と言い、清兵衛もそれを受け容れるつもりになった（シナリオ 55 参照）わけである。この描写は、藤沢の原作にあるものを山田が膨らませたと思われるが、いずれも新渡戸において捉えられた「武士道」が本来想定しているものから逸脱している。しかし、それは新渡戸のそれのような「武士道」理解を受け容れてはおり、その限りでこの理解に反しているわけではない。しかし、ここでの描写は、藤沢にとっては単なる逸脱の状態であるばかりではなく、まさに藤沢が描こうとした武士の在り方である。とりわけ下級武士はそのような在り方以外にはできないのである。つまり、単なる（戦闘）技術者として使われ、政争の犠牲者としては使い捨てられてしまうような在り方である。

(5) 果し合いの後

果し合いの後の主人公の思いについては、原作「竹光始末」が最もよく描いている。そこに藤沢の思いが投影されているであろう。「——武家というものは哀れなものだの。／動きを止めた余吾の身体を、しばらく眺めおろしたあと、小刀を納めて外に出ながら、丹十郎はそう思った。」（竹53）ここで丹十郎の心は勝利に浮き立っているわけではない。彼は、むしろ自分の境涯を余吾のそれに重ね合わせて、悲哀を感じているのである。武士の勤めは、結局主人持ちの身分であり、主人次第なのである。「仕える主《あるじ》の非情と猜疑《さいぎ》の前に、禄《ろく》を食《は》む者は無力である。余吾にしても、武家勤めのそういう苛酷《かこく》さを知らなかったわけではあるまい。立ち退《の》こうとしたのは恐らく真実なのだ。だが最後の瞬間、余吾は七十石の禄に未練が出た。それが思い違いからであったにしろ、余吾は七十石のために戦う気になって死んだのだ、と丹十郎は思った。」（竹54）勤め先にありついたことに安堵しながらも、それまでの浪人の日々をかえって懐かしく思い出すのである。「――明日からは飢えないで済む。／多美や子供の顔を思い浮かべて、丹十郎はそう思ったが、その瞬間、さながら懐《なつ》かしいもののように、日に焼かれ、風に吹かれてあてもなく旅した日々が記憶に甦るのを感じた。」（竹54）

この思いは、映画では描かれていない。この点は武士についての両作品の捉え方の相違によるであろう。原作が武士というものそのものの悲哀を描くのに対して、映画は歴史的に武士の時代が終わりを告げようとしている幕末を描くことによって代えている。いずれも武士の身分について乗り越えようとはしているのだが、原作は時代小説としては武士の身分を前提せざるを得ないというところがあるわけである。このことをそのまま描けば、悲惨なものになりかねないものである。藤沢は実際初期には暗いテーマで書いてきた。そしてそこから転換してユーモアを持ったものを書くようになった。主人公が渾名を持った「たそがれ清兵衛」や「祝い人助八」はそのよい例であろう。「竹光始末」にしても悲惨さは感じられない。むしろ主人公の感慨にあるような浪々の境涯への郷愁が描かれているのである。それは、歴史から離れることによって歴史を超える方向にある。この点は、次に述べる山田作品が歴史に内在することによって歴史を越える方向を採るのとは対照的であると言えよう。

果し合いの後、主人公と相手の女性との関係の回復の物語が完結する。原作では、果し合いで傷ついた助八は孤独感に襲われる。波津は「お帰りはお待ちしませんから」(助 320)と言って帰ったはずである。「当然だ、あの人は赤の他人なのだからと助八は思った。そして突然に、これまで感じたことがないような強い孤独感に、身体をひしとしめつけられるのを感じた。」(助 320)にもかかわらず、その波津が帰ることなく、助八の帰りを待っていた。このことは、二人の関係が作り直されることを予感させるのである。傷ついた助八が「ようやく住む町にたどりつき、わが家の粗末な門を目でさぐったとき、門の前のうす暗い路上に、黒い人影が立っているのが見えて来た。助八は立ちどまった。／助八が立ちどまると、黒い人影は下駄《げた》の音をひびかせながら走り寄って来た。ほの白い顔は波津である。幻を見ている、と助八は思った。」(助 320-321)

映画では朋江は、娘に呼ばれて出てくるのだが、この設定もなかなかよい。もちろん隣近所の人の目を気にするということもあるだろうが、娘が登場する以上、それはごく自然な描写であろう。しかし、原作における描写も捨てがたい。そこには波津の気持ちの切実さが溢れていて、読者に訴えかけるものが重い。これをこのまま映画的に表現すると、やや直接的すぎるのかもしれない。娘が間に入ることによって、間合いがとれ、ドラマ的になるということであろう。清兵衛はまず娘たちの父親なのである。家族の日常生活の中へのその父親の生還が描かれるわけである。

「破れた着物、血糊のついた腕や足、乱れた髪。

幽鬼のような清兵衛、ふらつく足で門を入り、娘たちに白い歯を見せて笑う。

清兵衛『以登、おとはん帰ったぞ』

恐る恐る近寄る以登を、清兵衛が抱き上げる。

茫然と見ていた萱野、弾けるように母屋に走り、大声で叫ぶ。

萱野『朋江はん、おとはんが――』

その声に顔を上げる清兵衛。

足音がして、夕日の差す母屋の玄関に、朋江の姿が現れる。

驚いたようにその姿を見る清兵衛、以登を下ろすと朋江の側に歩み寄る。

そして、血糊のついた両手で、朋江の白い手を握りしめる。

清兵衛『――あなたがいて下さるとは』

茫然と清兵衛を見つめていた朋江、呟くように言う。

朋江『よかった――』

その目から涙が溢れ出す。

掌で顔を覆い、大声で泣き出す朋江。

破れた清兵衛の袖にしがみつき、子供のようにいつまでも泣き続ける。」（シナリオ56-57）

娘たちには父親の身に何が起こったのかがはっきりとは分からなかったであろう。ただ普段の日々のように、父親に送られて塾に出かけた後、家に帰ってきて自分たちの後に出勤したであろう父親の帰りを待っていたにすぎないだろう。再び朋江が家に居ることをただ喜んでいただけかもしれない。祖母の加代を交えての日常生活に突然傷ついた父親が帰ってきたという対照が鮮やかである。ここに上意討ちによる果し合いの非情さが山田によって、原作にもまして強調されている。

Ⅳ　藤沢周平・山田洋次の作品世界の立場

1　自然・人間観

(1)　自然に包まれ自然とともにある人間の日常生活

原作および映画の背景として自然の風景が描かれている。そこに示されるのは、人間が自然の中で自然に包まれながら、その生と死とを営んでいるということである。このことが物語の基盤となっている。このこと自体が物語の一つの主題として描かれているとも言えよう。つまり、人間の存在が自然を基盤としているということが物語の前提となっているのである。

このような自然と人間との関係についての描写は、同時に人間と人間との関係についての描写の背景となっている。後者の関係は、物語の描く時代から見て、身分制度におけるそれとして描かれる。物語のトーンは、この身分制度における人間と人間との関係の根底にもなお自然と人間との関係が存続していることに置かれている。そこに自然に包まれ自然とともにある人間が身分制度における人間と人間との関係の在り方とは異なる在り方を相互に作り出し、この在り方のもとでの人間の生と死との営みが日常生活の描写によって描かれるのである。そこでは、身分制度というものがあくまで一つの制度でしかなく、したがってそこでの人間と人間との関係の在り方が自然と人間との関係を基盤とした人間と人間との関係の在り方によって相対化されるわけである。

このような本来の在り方における自然と人間との関係、そして人間と人間との関係についての示唆を与えるものとして安藤昌益の思想が想起される。昌益は、『統道真伝』において、始まりと終わりのない「自然」に対して、そこに「天地」の上下関係を捉えたことが「聖人の失《あやま》り」であるとする。彼は徹底して、上下関係を否定する。そこで「天地」を「転定《てんち》」と書き換え、その一体性を主張する。「転定は自然の進退・退進にして、無始無終、無上無下、無尊無賤、無二にして進退一体なり。故に転定は先後有る者に非《あら》ざるなり。惟《こ》れ自然なり。然るに己れを利せんが為め、之れを失り之れを盗み、転定に先後を附し、先を以て太極と為し、後を以て天地と為し、二の位と為す。是れ失りの始め、大乱の本と為《な》るなり。」(上24)

昌益は、本来の在り方における自然と人間との関係は「直耕」にあるとする。これに反することが四民の身分を設けたことに見出され、とりわけ「士」が批判される。「四民は士農工商なり。是れ聖人の大罪・大失なり。士は武士なり。君の下に武士を立てて衆人直耕の穀産を貪り、若し強気にして異輩に及ぶ者之れ有る則《とき》は、此の武士の大勢を以て捕り拉《ヒシガ》んが為めに之れを制す。亦聖人の令命に背き党を為し、敵と為《な》る者には、此の武士を以て之れを責め伐たんが為めに兼ね用うるなり。是れ自然の転下を盗む故、他の責め有ることを恐るるなり。」（上44）「農」のみが「自然」に則っていることになる。「農は直耕・直織・安食・安衣・無欲・無乱にして自然の転子なり。故に貴ならず賤ならず、上ならず下ならず、賢ならず愚ならず、転定に応じて私無き者なり。之れを以て士の下に布《し》き、己れが養父を以て蹈下《とうか》と為すは、聖人の罪の恐れなり。」（上45）この「農」は、「自然の人」とも捉えられ、その働きは聖人が始めたという「金銭」の通用と対置される。「自然の人は直耕・直織にして、原野・田畑の人は穀を出し、山里の人は材、薪木《まき》を出し、海浜の人は諸魚を出し、薪材《しんざい》、魚塩、米穀互いに易《か》え得て、浜《はま》・山《やま》・平《の》・里《さと》の人倫与《とも》に皆、薪・飯・菜の用、不自由なく安食・安衣す。直耕の常業は、無欲・無上・無下・無尊・無賤・無富・無貧・無聖・無愚・無盗・無刑・無貪・無知・無説・無争・無乱・無覚・無楽・無苦・無色・無軍・無戦・無事・安平の世なり。此れ金銭無き自然の徳なり。」（上48）人間の問題として考えられるほとんどあらゆる問題があってはならないことが、それらの問題の「無」として否定されている。この「無」が「自然」の性格として「金銭」に対置されている。その現実性についてはここでは問わないことにしよう。ここで大事なことは、この「自然」の理解によって人間のあらゆる問題の消滅が徹底的な仕方で主張されたことである。

そして、さらに重要なことは、この「自然」における人間と人間との関係は身分制度などのない万人の平等な関係にあると主張されていることである。「是れ士は之れを治め、農は食を出し、工は家を作り、商は用を通ず、是れ天下の政法、聖人の為《つく》る所と言う則《とき》は理に似たれども、士を立つるは乱の用、農を下にするは転の責めを蒙る失《あやま》り、工は美家・大郭、無益の用を起し、商は利欲の用にして、皆転下の費《ついえ》、乱世の本《もと》なり。素《もと》より転定《てんち》は自然《ひとりする》、無始無終則《なれ》ば、此の自然の進退の感合を以て成る所の人則《なれ》ば、男女にして一人なる転下は、只一般に直耕して、老は壮年の子に養われ、壮も老ゆる則《とき》は其の子の壮年に養われ、此《かく》の如く序を以て転定《てんち》と与《とも》に行わるる人倫に何んの四民有らんや。」（上49）（註13）

このような考え方がそのまま映画の清兵衛のそれであるとは言えないであろう。しかし、清兵衛も実践的には昌益の言うような「自然」に近い生き方をしていたと言うことはできるであろう。そして、時代が変わって、武士の時代が終われば、「農」つまり百姓になるつもりであったようである。シナリオにはない（シナリオ33-34参照）が、映画の台詞として倫之丞に次のように語るシーンがある。天下が変わる「そんときは、俺は侍さやめて百姓になる。俺には畑仕事があってる。」したがって、安藤昌益の考え方に近い考え方を持ち、そのような生き方をしていた人間を清兵衛のうちに見ることができるであろう。（原作の登場人物のうちにも同じような人間を見出すことができる。例えば先に触れたように原作の余吾は、「武家勤めがほとほと厭《いや》になっての。国へ帰って百姓でもやる積りじゃ」（竹50）と語っている。註26をも参照）そこには、武士の生活の基盤が農民によって作られているという認識が前提されている。この認識は、海坂の祭のシーンでのナレーションの中で以登が朋江の言葉として伝えている言葉の中にも示されている。「わたしたち武家の暮らしは、お百姓さんのおかげで成り立っているのですよ」（シナリオにはない映画の台詞、シナリオ 42 参照）。

(2) 家族の視点

この映画で強調される家族の視点を支えるものは、朋江の描き方に見られる女性についての考え方である。これに対して伯父藤左衛門の言うところに見られる考え方は、やや誇張されているかとも思われるが、やはり女性には「家」制度のもとでの従属的な地位のみが与えられていたのである。例えば貝原益軒は、女性に「三従の道」を説いている。「婦人には、三従の道あり。凡（そ）婦人は、柔和《にゅうわ》にして、人にしたがふを道とす。わが心にまかせて行なふべからず。故に三従《じゅう》の道と云《いう》事あり。是亦、女子にをしゆべし。父の家にありては父にしたがひ、夫の家にゆきては夫にしたがひ、夫死しては子にしたがふを三従といふ。三のしたがふ也。いとけなきより、身をおはるまで、わがままに事を行なふべからず。必（ず）人にしたがひてなすべし。父の家にありても、夫の家にゆきても、つねに閨門《けいもん》の内に居《い》て、外にいでず、嫁して後は、父の家にゆく事もまれなるべし。いはんや、他の家には、やむ事を得ざるにあらずんば、かるがるしくゆくべからず。只、使をつかはして、音聞《いんぶん》をかよはし、したしみをなすべし。其つとむる所は、しうと、夫につかへ、衣服をこしらへ、飲食《いんしょく》をととのへ、内をおさめて、家をよくたもつを以(て)、わざとす。わが身をほこり、かしこ(賢)だてにて、外事にあづかる事、ゆめゆめあるべからず。夫をしのぎて物をいひ、事をほしいままにふるまふべからず。是皆、女のいましむべき事なり。」(貝原 1961：269。現代語訳「婦人には三従の道がある。およそ婦人は柔和《にゅうわ》で人に従うのを道とする。自分の心に任せてかってなことをしてはならない。それだから三従の道ということがある。これもまた女子に教えねばならぬ。父の家にいては父に従い、夫の家にいっては夫に従い、夫が死んでからは子どもに従うのを三従という。三つの従である。幼時から死ぬまでわがままなことを行なってはいけない。かならず人に従ってするがよい。父の家にあっても、夫の家にいっても、つねに家の中にいて外に出ず、嫁してからのちは、父の家にゆくこともまれでなければならぬ。ましてよその家にはやむを得ないことでなければ、かるがるしくいってはいけない。ただ使いをやって、手紙を出し、親しみを示さなければならぬ。女の仕事というのは、舅姑・夫に仕え、衣服をこしらえ、飲食をととのえ、家の中を治めて家をよく保つことである。自分をほこって、賢そうな顔をして家の外のことにあずかることはけっしてしてはいけない。夫をしのいでものをいい、かってにふるまってはいけない。これみな女の戒むべきことである。」貝原 1974：278-279)

ここでの議論を含む『和俗童子訓』巻之五をもとに後人が手を加えたものが『女大学』とされたが、後年（一八九九年）これが福沢諭吉の「新女大学」によって批判された（福沢 1991：287, 293参照）。映画での伯父藤左衛門が言うような女性観は、当然のことながら、福沢諭吉によって女性を「道具」と見る考え方として批判されるであろう。「世間の習慣《ならい》として、婦人を軽《かろ》しむるの第一に劇《はげ》しき言葉は、妻を娶《めと》るは子孫相続のためなりといい、その言葉の勢いを察するに、釜を買うは飯《めし》を炊《た》くがためなりというが如し。されば飯さえ炊かざれば釜は買うに及ばず、子孫さえ求めざれば妻もまた不用なりといわざるを得ず。［中略］子を産むの妻は、飯を炊くの釜に異ならずといえば、即ち一種の道具にして、飯の出来ぬ釜を棄《す》つべきなれば、子なき妻は去るべし。」（「日本婦人論　後編」、福沢 1999：64-65）

母親に代わる誰かを娘たちが得られるのかどうかは、清兵衛ならずとも観客にとっても気がかりなことである。これは、物語の一つの軸となるだろう。しかし、どのような関係が家族の間に作られるのかが決定的に重要である。それは、とりわけ身分の差を越えた人間と人間との関係を作れるのかどうかに懸かっている。清兵衛にはこの点で妻との間で痛切な体験があったようである。

原作における助八の場合もそうであった（倫之丞が「波津を後添いにもらう気はないか、波津もそうのぞんでいると言ったが、助八はことわった。身分違いの縁談には懲《こ》りたと言った。

飯沼の家も百石である。／波津の性格の好もしさはわかっていた。しかし嫁に来たら、その波津といえども、長い年月の間には婚家の貧しさに疲れて悍婦《かんぷ》になりはしないかと、助八は思っている。助八の胸の中には、まだ亡妻宇根とのにがい歳月の記憶が痼《しこ》っていた。波津をあんなふうにはしたくないと思った。」（助311）ように、清兵衛は亡くなった妻がこの身分の差が越えられなかったことを後に朋江との縁談についても断る際に述べている。妹のことを案じる兄倫之丞からこの話があったとき、清兵衛への朋江の気持ちもわかり、元々朋江が好きであった清兵衛はどれほどうれしかったことであろう。しかし、彼はこの縁談を断る。何故ならば、彼は、妻との関係がそうであったように身分の差が朋江との関係に及ぶことを恐れたからである。二人の相互の思いにもかかわらず、その思いは身分制度によって壊されてしまうのである。

「倫之丞『実は、お前に話がある。他でもねえ、朋江のことだども、近ごろあいつにいくつか縁談があってのう』

清兵衛、平生を装って答える。

清兵衛『当たりめえだ。才色兼備、あれほどの人は我が藩にはいねえはずだ。いい話あんなか』

倫之丞『中々うんと言わねえので、俺も手を焼いて、冗談半分に清兵衛のとこさでも行くかて、こう言ったら――』

清兵衛、むっとする。
清兵衛『馬鹿なことを。なんぼ幼なじみだって、その冗談は許さねぞ』
倫之丞『それが、朋江にとっては冗談ではねかったんだ。あいつ、清兵衛様のとこだば行ってもいい――こう言ってぽっと赤くなったもんだ』
清兵衛、狼狽して握り飯を落とす。
清兵衛『もうやめれ！　二人して俺を馬鹿にすんなか』
倫之丞『わからね男だのう。あれは真面目に答えたのだぞ』
握り飯を拾って砂を払う清兵衛。
その頬が赤く染まっている。
倫之丞『もちろん、お前との縁談など親父やお袋がうんて言うわけはねえ。んだども、俺にはあいつを甲田に嫁にやって辛い目に会わせた負い目がある。お前さえよければ何とかしてやりてえと思うが、どうだや』
［中略］
清兵衛『朋江はんが俺の娘をめんごがってくださって、料理作ったり、縫い物したり、本当にありがて。俺にとっては夢のようなことだ。んだども、それと後添えとして妻に迎えるということは、全く別だ。朋江はんは何と言っても飯沼家四百石のお嬢さんだ。五

十石の平侍の暮しがどのくらい辛いかということがわかってはいねえ』
倫之丞『待て。お前は朋江を見損ってはいねか。あれは意外にしっかりしたおなごだぞ』
清兵衛『初めのうちはいい、貧しい暮しも新鮮だかもしらね。んだども、三年か四年たってこの五十石の暮しが死ぬまで続くのかとわかったとき、必ず後悔する。死んだ妻がそうだったさけのう。平田家百五十石の娘だったども、結局最後まで身分の差にはなじめなかったのだ。『骨折って出世なさりませ。んでねえと実家のものが悲しみますさけ』――病を得てからも口癖のようにそれ言っておった。あげだ哀れな思いを、朋江はんにはさせたくはねえ』」（シナリオ 42-43）

ここにいわゆる「家」制度のもとでの家族とは異なる家族の在り方が清兵衛によって求められている。それは、武士の家族よりもむしろ庶民の家族に近いものであろう。

ここには、近代における家族の在り方にいわば先駆けて生じていたであろうことが描写されているわけである。この映画で設定された時代から約十年後、森有礼の「妻妾論」には、夫と妻との同等性の主張が展開されている。この主張は、両者の同等性が家族関係のみならず国家の根本をなすものであるという社会一般についての捉え方を当時にあっては先進的に提示している。「夫婦の交《まじわり》は人倫の大本《たいほん》なり。その本立《もとたち》てしかして道行わる。道行われてしかして国はじめて竪立《けんりつ》す。人婚《こん》すればすなわち権利・義務その間に生じ、互に相凌《しの》ぐを得ず。何をか権利とし、何をか義務とす。その相扶《たす》け、相保つの道をいうなり。すなわち夫は扶助を妻に要するの権利を有し、また妻を支保《しほ》するの義務を負《お》う。しかして妻は支保を夫に要するの権利を有し、また夫を扶助するの義務を負う。いやしくもこの理に拠《よ》り婚交せざる者は、いまだ人間の婚交と目《もく》すべからざるなり。」（森有礼 1999：276-277）（註13）森においては、「扶助」と「支保」との関係は必ずしも夫婦の間で対称的とは言えないところがある。

これに対して、福沢諭吉においては夫婦における平等は対称的に捉えられており、そのことが「人間の本分」とされている。「いやしくも礼を知り道を弁《わきま》えて人情ある者ならば、家事を取扱うの権力は、夫婦平等に分配して尊卑の別なく、財産もこれを共有にするか、またはその私有の分限を約束するか、模様次第に従い、とにかくに家はその時に当たる夫婦の家として、相《あい》互《たが》いに親愛し、相互いに尊敬するこそ人間の本分なるべし。かの封建の時代に、先祖の家柄を大切にして無理に男子の相続を作り、これがために婦人を無きものにしたる風俗は、今より以《の》後《ち》除き去るべきものなり。」（福沢 1999：73）

家族を社会の中でどのように位置付けるのかという点についてはそれ独自に問われなければならないけれども、ここで重要なことは、この映画の家族が当時の武士社会における「家」制度との対比でそれとは対極的に描かれていることということである。そして清兵衛がその両者の狭間に苦しみながらも、近代家族の先駆となるような生き方を選び取っているということである。

(3)　清兵衛の「学問」観

父親と娘との関係を示すシーンに清兵衛と娘萱野との対話のシーンがある。このシーンは、この映画の中でも美しいシーンの一つである。雑巾を刺しながら『論語』の素読をしている萱野が虫籠作りの内職にはげむ清兵衛に「学問」をすることの意味について訊くシーンである。ここでは清兵衛に語らせるという形で山田の「学問」観が提示されている。それは、同時に女子教育論でもある。

「萱野『おとはん、針仕事習って上手になれば、いつかは着物や浴衣が縫えるようになるやのう』

清兵衛『うん』

　仕事の手を止める清兵衛。

萱野『んだば、学問したら何の役さ立つだろの』

清兵衛『うん、学問は針仕事のようには役に立たねかものう』

清兵衛、目を伏せてしばらく考えた後、答える。

清兵衛『いいか、萱野、学問せば自分の頭でものを考えることが出来るようになる。自分の頭でもの考えれば、知りてことがたくさん出てくる。それを一つ一つ考えてわかっていくと、お前は豊かな人間になれる。この先世の中どう変っても、考える力を持っていれば何とかして生きて行くことが出来る。これは男も女も同じことだ』

萱野、頷く。

清兵衛『ほれ、素読を続けろ』

論語の暗誦を始める萱野。

虫籠作りを再開する清兵衛。」(シナリオ 29)

しばらく、父娘の『論語』暗誦が続く。その単調な音声やリズムにもかかわらず、ここには、「学問」の一つの型が示されている。観客も思わず、ともに暗誦したくなるシーンである。素読とは形式的なものであって、実質的な内容には乏しいかもしれない。しかし、それにもかかわらず、繰り返し素読されることによって自らのものになっていくのであろう。このこと自身が一つの教育方法であると言えよう。清兵衛もそのようにして身に付け、そのことを懐かしむのである。「俺も子どもの頃何度も何度も読んださけ、懐しいのう。」(シナリオ 29)

素読というような仕方のうちにも「学問」の可能性が見出されるわけである。ここには実態についてはともかく、山田の「学問」観が示されている。それだけではない。さらに人間観も示されていると言えよう。つまり、「学問」によって誰でも「考える力」を持つことができるということである。そしてその「考える力」をつけ、「考える」ことによって「豊かな人間」になれるということである。このことによって、世の中がどのように変わっても何とか「生きて行く」ことができるというのは親が子に贈る言葉としてすばらしいメッセージである。

清兵衛の思いは、このシーンでは登場しない『論語』学而篇冒頭の節のようなものかもしれない。「子曰《しいわ》く、学《まな》びて時《つね》に之《これ》を習《なら》う。亦説《またよろこ》(悦)ばしからずや。朋《とも》　遠方《えんぽう》自《よ》り来《き》たる有《あ》り。亦楽《たの》しからずや。人《ひと》　知《し》らずして慍《いか》らず。亦君子《くんし》ならずや。」(現代語訳「老先生は、晩年に心境をこう表わされた。[たとい不遇なときであっても] 学ぶことを続け、[いつでもそれが活用できるように] 常に復習する。そのようにして自分の身についているのは、なんと愉快なことではないか。突然、友人が遠い遠いところから [私を忘れないで] 訪ねてきてくれる。懐《なつか》しくて心が温かくなるではないか。世間に私の能力を見る目がないとしても、耐えて怒らない。それが教養人というものだ、と。」加地訳17) 第一項では「学問」することの楽しさが語られている。清兵衛は自分自身の「学問」についても振り返りつつ、その楽しさを娘に語りたかったのではないだろうか。(そして第二項は藩の中枢近くにあり江戸や京都の藩邸に勤めていてたまにしか会えない親友倫之丞との交遊を心楽しいものとして想起させるであろうし、また第三項はそもそも人の評判などまったく気にしないで目立たず地味に暮らそうとする清兵衛の生き方そのもののようである。もっとも清兵衛が、主君にむさくるしさをたしなめられ、甲田豊太郎を叩きのめし、余吾善右衛門との果し合いで余吾を討ち果たして、藩内では評判になったというのがこの物語の筋となっているのではあるが。）これらは、清兵衛の生き方そのものであって、どのような場合にも貫かれるべきものであるという点ではいわば形式的なものであって必ずしも実質的な内容を備えたものではないとも言えよう。

もちろん、映画で取り上げられている節には、それなりの実質的な内容をも備えており、山田が清兵衛やその娘たちに託した思いでもあるだろう。例えば次の二つの節はそのような山田の思いを示しているのではないだろうか。「しのたまわく、こうげんれいしょくすくなしじん。そうしいわく、われ、ひびにみたび、わがみをかえりみる」（シナリオ38）（「子曰《しいわ》く、巧言令色《こうげんれいしょく》（言を巧みにし色を令《よ》くするは）、鮮《すく》なし仁《じん》。」現代語訳「老先生の教え。［他人に対して人当たりよく］ことばを巧みに飾りたてたり、外見を善人らしく装うのは［実は自分のためというのが本心であり］、〈仁〉すなわち他者を愛する気持は少ない。」加地訳19。「曾子《そうし》曰《いわ》く、吾《われ》日《ひ》に吾《わ》が身《み》を三省《さんせい》す。人《ひと》の為《ため》に謀《はか》りて忠《ちゅう》ならざるか、朋友《ほうゆう》と交《まじ》わりて信《しん》ならざるか、習《なら》わざるを伝《つた》えしか、と。」現代語訳「曾《そう》先生の教え。私は毎日［主題を変えては］いろいろと反省する。［たとえば誠意の問題についてのときは、］他者のために相談にのりながら、いい加減にして置くようなことはなかったかどうかとか、友人とのつきあいで、ことばと行ないとが違っていなかったかどうかとか、［譬《たと》えるならば、薬の調合で］まだ十分に身についていないのに［調合して］他者にあたえてしまったかどうかとか、というふうにである。」加地訳20）山田の描く主人公清兵衛は、このような思いを人間という形にしたものではないだろうか。とりわけ前項の反対を肯定的に表現した節（前項の訳注に指摘されている。加地訳19）がその人間像によくあてはまるように思われる。「子曰《しいわ》く、剛《ごう》・毅《き》・木《ぼく》・訥《とつ》は仁《じん》に近《ちか》し。」（現代語訳「老先生の教え。物欲に左右されないこと（剛）、志がくじけないで勇敢であること（毅）、質朴《しつぼく》で飾りけのないこと（木）、［心に思っていることはしっかりしているのだが、うまく言い表わせず］口下手《くちべた》であること（訥）、［この四者は］それぞれ人の道に近い。」加地訳313）ここには、山田なりの仕方で儒教のうちにも肯定的に評価される徳目があるということが示されているであろう。（ちなみに藤沢作品例えば『蝉しぐれ』では、海坂藩の藩校の名前は「三省館」とされている。おそらく『論語』の先の節から採られたのであろう。藤沢1991a：202参照。）（註14）

これは、藤沢の描く主人公たちとも共通である。ただし、藤沢の描く人間像は山田の描く人間像とはいささか趣きを異にしている。もちろん、藤沢作品の場合にも、主人公たちは「巧言令色」であるわけではまったくない。そうではなく、むしろ彼らはそういうことなどまったく思いもつかないような素朴な人間である。しかし、日々の日常生活の中で「三省」するような人間であるかと言えば、それにはどうも縁遠そうである。助八のように「暮らしの箍のはずれた」ユーモラスな人間なのである。だからこそ、主君からそのむさくるしさをたしなめられてしまうわけである。

またこのシーンでは娘の問いに正面から向き合って考え、答える父親の姿が描かれており、この父親像には家族の在り方への一つの問題提起があろう。そして女性もまた「学問」をするべきであるという考え方の指導者(「お師匠はんが、これからはおなごも学問をしねば駄目だっておっしゃったの」(シナリオ29))がおり、それについて「それはいいことだ」(同)とする父親がいるという子どもをめぐる時代の変化が示されている。この点は、なおこの時代としては珍しいことであったであろう。このシーンは、伯父の藤左衛門とのシーンと対比される。

「藤左衛門『萱野か。なんぼになったや』
萱野『十歳になったでがんす』
藤左衛門『お稽古事はしておるのか』
萱野『はい、針仕事のお稽古と論語の素読しています』
藤左衛門『論語? おなごは学問などいらね、平仮名読めればたくさんだ。なまじ学問などすると嫁に行けなくなるぞ』」(シナリオ31)

伯父藤左衛門の態度のうちにはこの時代の武士階級の一般的な考え方が示されているのかもしれない。しかし、考え方だけを取り上げるならば、女子教育として『論語』などによる「学問」がまったく否定されていたというわけではない。例えば貝原益軒の『和俗童子訓』では、少なくとも最も初等の教育については女子にも男子と同じことが薦められている。「女児七歳にして文字を習う」という項目のもとに次のように言われている。「七歳より和字《かな》をならはしめ、又おとこもじ（漢字）をもならはしむべし。淫思なき古歌を多くよましめて、風雅の道をしらしむべし。是また男子のごとく、はじめは、数目《かずめ》ある句、みじかき事ども、あまたよみおぼえさせて後《のち》、孝経《こうきょう》の首章、論語の学而篇《がくじへん》、曹大家《そうたいこ》が女誡《じょかい》などをよましめ、孝《こん》・順《じゅん》・貞《てい》・潔《けつ》の道をおしゆべし。」（貝原 1961：268、現代語訳「女も学問を」「七歳からかなを習わせ、また男文字（漢字）を習わせるがよい。みだらでない古歌を多くよませ風雅を知らせるがよい。これもまた男子のように、はじめは数目ある句、短いことをたくさん読み覚えさせてから、『孝経』の首章、『論語』の学而篇、曹大家の『女誡《じょかい》』などを読ませ、孝・順・貞・潔の道を教えるがよい。」貝原 1974：277-278）しかし、言うまでもなく、この「学問」は先に引いた女性像、つまり引用にあるような「孝・順・貞・潔の道」に向けてのものなのだが。

これに対して、福沢諭吉の立場は明確に批判的である。福沢の場合、「学問」についての男女の違いが否定され、その内容も当然のことながらまったく異なっている。「学問の教育にいたりては女子も男子も相違あることなし。第一、物理学を土台にして、それより諸科専門の研究に及ぶべし。これをたとえば、日本の食物は米飯を本《もと》にし、西洋諸国はパンを本にして、然る後に副食物あるが如く、学問の大本は物理学なりと心得、まずその大概《たいがい》を合点《がてん》して後に、めいめいの好むところにしたがい、勉むべきを勉むべし。極端を論ずれば、兵学の外に女子に限りて無用の学なしというべきほどの次第」というわけである。（福沢 1991：153）ただし実態としては、幕末の武家の女性についての話に出てくる限りでは、女子はなお『論語』の素読までは行ってはいなかったようである。このことについては、山川菊栄の伝える話がおそらく事実だったのであろう。「女の子は仮名がよめればいいとした時代」（山川 1983：32）であり、「女の子の習うものは大体きまっていまして、まずいろはを習い、それから『百人一首』、『女今川』、『女大学』、『女庭訓《おんなていきん》』、『女孝経』といったような本――これらを一まとめに『和論語』といいました――まずよみ方を、それからそういうものを書いたお師匠さんのお手本を習い、次々にあげてゆくのです。もちろん平仮名ばかり。」（同33）女子の学習について女子向けの本を『和論語』と呼んだというのは興味深い。教育の必要はそれなりに認めていたわけだが、あくまで男子向けを基準としたものであったのであり、それ故テクストとしては『論語』がモデルであったということを示すものであろう。

『論語』において女性がどのように位置付けられているかという点からすると、そこで女性に「学問」の可能性を見出していたのかどうか、疑わしいと言わざるを得ない。「子曰《しいわ》く、唯女子《ただじょし》と小人《しょうじん》とは養《やしな》い難《がた》しと為《な》す。之《これ》を近《ちか》づくれば、則《すなわ》ち不孫《ふそん》なり。之を遠《とお》ざくれば、則ち怨《うら》む。」

（現代語訳。「老先生の教え。女子と知識人とは、そのつきあいかたが難しい。親しく優しくするとつけあがりわがままとなる。遠ざけ厳しくすると不平となり恨んでくる。」訳注「女子の場合、一般論であって、すぐれた女性もいるとする（『疏』）。「近」と「遠」との間の、中庸をえた待遇を良しとする。」（加地訳411）訳注において例外を認めているにもかかわらず、ここで女性一般について「養い難し」とするところには、その男性中心主義が示されているであろう。）

(4)　技術の習得

一般に技術によって人間は自己を世界と関わらせる仕方を学んでいく。その技術習得の過程において世界はそれなりの姿を個人に現わす。個人は技術を習得することによって、世界との関係を自分なりの仕方で構築するわけである。

技術の習得が生活技術一般の習得としてこの映画の中でも描かれている。例えば、先に述べたように娘の針仕事の習得が描かれる。清兵衛は畑仕事や柴刈りもをなかなか本格的にしており、生活者としての技術を身につけている。また釣りの達人のようであり、友人の倫之丞にアドヴァイスをしている。内職の虫籠作りには習熟してその出来ばえには自信を持ち、仕事賃の賃上げを要求するほどである。

　また朋江は、家事をてきぱきと進め、清兵衛の娘たちに「まるで仲のいい親子」（シナリオ41）のようにいろいろなことを教える（ナレーション「朋江さんは一日か二日置きに家に来て下さいました。私たち姉妹は塾から帰るのがとても楽しみでした。台所で働いていた朋江さんが、前掛で手を拭きながら、『お帰り』と笑顔で迎えて下さいます」「一緒に掃除をしたり、洗濯をしたり、お料理を教えてくださったりしました」「雨の日は縫物やお習字の稽古。それに、私たちが聞いたこともないような面白いお話をたくさん聞かせて下さいました」シナリオ41）。その中には「遊び唄」を教えることも入っていたかもしれない。（清兵衛宅を最初に訪れたとき、朋江は「遊び唄」を唄って娘たちと遊ぶ。「――おらえのちょんべなはんは／涙をほろほろほろ／こぼした涙をたもとで／拭きましょう　拭きましょう／拭いた着物を／洗いましょう　洗いましょう／洗った着物を／干しましょう　干しましょう――」シナリオ36）さらに、朋江はとても字が上手で、「朋江はんの字、お塾のお師匠はんよりも上手」（シナリオ41）と萱野から感嘆されているほどである。さすが上級武士の娘の面目躍如であるとともに、字の美しさについての美意識が下級武士の娘にまで受け容れられていることが示されている。朋江は、娘たちにとって（農民的な遊びや武家には禁止されている農民の祭を楽しむ遊び心も合わせて）文化の伝達者だったわけである。また朋江は、果し合いに向かう清兵衛の身支度を滞りなく助ける。これも彼女が生活技術を身に付けていることを示している（欅がけの朋江の流れるような身のこなしについて先に触れた）。

この映画において描かれている技術のうち、最も中心的な位置を占めるものは、戦闘技術である。逆説的なことだが、戦闘技術もまた技術である。それ故、ここでも技術一般の原理が貫かれている。何に用いられるかによって、生活を豊かにもすれば、危うくもする。この映画は下級武士の日常生活を描くところに、その基本的なトーンがある。そうだとするならば、戦闘とは最も非日常的なものであるのだから、戦闘技術の習得とはこの基本的なトーンに反することになるであろう。では、戦闘技術の習得は何の意味もないのだろうか。否、そうではないであろう。というのは、この戦闘技術の習得のうちにも人間としての生活を豊かにするものがあると思われるからである。それは、その当時の制度のもとで主人公がそれなりの位置を占めるという自信の根拠となるものが、その戦闘技術の習得にあるからである。原作の清兵衛が上意討ちという藩命を妻の療養ほどの意味を持つものとして認めないことができるのも、彼にとっては戦闘技術がそれなりの自信を持ちうるものとなっているからであろう。

しかし、ここでそのような自信があるかどうかが問われているのではない。そのような自信は、あくまで結果として生じるものであろう。むしろ、戦闘技術の習得が武士にとっては自己を世界との関係において位置付ける基本的な仕方であったということである。その中で武士は武士の身分にある者という条件のもとで、彼らにとっての自己を表現したわけである。もちろん、それはあくまでその時代の制約のもとでは、人間一般にとっての自己と世界との関係の在り方としては一部のものに止まり、結局消滅していく他はなかったのであるが。しかしながら彼らは、そのような制約の中でも、その立ち居振る舞いを戦闘技術の習得から身に付けていったのであろう。（そのような武士の姿を藤沢は多く人物に形象化したが、例えば頑固に凝り固まった反骨武士の典型を「臍曲がり新左」でユーモラスに描いた。藤沢 1982b 参照）

清兵衛が「侍」としての自分、とりわけ戦闘技術者であることを自分自身のこととして引き受け、さらに本来の武士としての、つまり戦闘者としての自分を改めて取り戻していく姿が映画では丹念に描かれる。上意討ちを引き受けた夜、清兵衛は娘たちの寝顔をしばらく見た後、自分の戦闘道具である小太刀を研ぐ。主人公の緊迫した表情は凄味を感じさせる。観客も緊迫感をもって、刀とはどのような作りになっていて、これにどのように手入れをするのかを見届けることになる。手桶の水を柄杓で汲み上げ、砥石を濡らす。小刀を抜き放ち、目釘を抜き、柄を外す。手燭の明かりで刃をしばらく眺めた後、砥石に当てて静かに研ぎ始める。水を打ち、髪の毛を切って切れ味を試す。何度も何度もていねいに研ぐ。研ぎ上がった刃に鍔と柄をはめ、手桶に浮かせておいた目釘を突っ込む。布地を細く引き裂き、両手をこすりながらていねいになう。ない終えた紐を小刀の柄にゆっくり巻きつけて行く。（シナリオ 49 参照）

ここには、戦闘技術者としての清兵衛がなかなかの技倆の持ち主であることが彼の緊迫した表情の中にも刀研ぎの確かな動きの描写によって、そして刀研ぎの後、辺りが寝静まった夜の庭でのその真剣を揮って決闘準備の稽古をする姿の描写によって示されている。この稽古のシーンはこの映画でほとんど唯一のものである（他に甲田豊太郎との果し合いの前に棒を揮う訓練をしている。シナリオ39参照）。

このような稽古の際に、どのような思いで清兵衛が稽古しているのかについて、『兵法家伝書』の記述が参考になる。柳生宗矩は、「致知格物」を兵法修行に適用する。「はじめは何もしらざる故、一向《いっこう》に胸に不審も中々《なかなか》になき者也。学《がく》に入《い》りてより、胸に物がありて、其《その》物にさまたげられて、何事も仕《し》にくゝなる也。其学びたる事、わが心をさりきれば、ならひも何もなくなりて、其道々《そのみちみち》のわざをするに、ならひにかゝはらずして、わざはやすらかに成りて、ならひにもたがはず、われも其事しながら、我もしらずしてならひにかなふ物也。兵法《へいほう》の道《みち》、是《これ》にて心得《こころう》べし。百手《ももて》の太刀《たち》をならひつくし、身がまへ、目付《めつけ》、ありとあらゆる習《ならい》を能々《よくよく》ならひつくして稽古《けいこ》するは、知《ち》を致《つく》すの心也。さて、よく習《ならい》つくせば、ならひの数々《かずかず》胸になく成《な》りて、何心もなき所、物《こと》を格《つく》すの心也。様々《さまざま》の習をつくして、習稽古《ならいけいこ》の修行《しゅぎょう》、功《こう》つもりぬれば、手足身に所作《しょさ》はありて心になくなり、習《ならい》をはなれて習にたがはず、何事もするわざ自由也。」（『兵法家伝書』29-30。なおこの件は、沢庵『不動智神妙録』からの影響があるようである。

「初心は身に持つ太刀の構も何も知らぬものなれば、身に心の止る事もなし。人が打ち候へば、ついに取合ふばかりにて何の心もなし。然る処にさまぐの事を習ひ、身に持つ太刀の取様、心の置所、いろいろの事を教へぬれば、色々の処に心が止り、人を打たんとすれば、兎や角して殊の外不自由なる事、日を重ね年月をかさね稽古するに従ひ、後は身の構も太刀の取様も皆心のなくなりて、唯最初の何もしらず習はぬ時の心の様になる也」同訳注29による。禅僧である沢庵の方がより実践的な記述であり、柳生宗矩がむしろ非常に理論的であることが顕著である。先に引用したように、同じく沢庵の影響を受けた宮本武蔵も沢庵同様に実践的に記述している。）

ここには、「学問」の方法としての「致知格物」が柳生宗矩なりの仕方で理解されている。武士にとっての「学問」と戦闘技術の習得とが結合されているのである。その理解の正当性如何は別に検討されなければならないであろう。しかし、自己がさしあたりは「習」の未熟な者でしかないところから始め、だんだん「習」を積んで、いわば「習」の法則を自己のものにしたとき、「自由」になるという「学」の過程がよく示されている。このことが兵法の技術習得に適用されているわけである。このように柳生宗矩は兵法を説くのに、きわめて知的な説き方をしている。

原作の主人公たちや映画の清兵衛がどのように修行したのかという点は不明ではある。しかし、おそらく彼らもこのような「自由」な「わざ」つまり戦闘技術を心得ているのであろう。そして、先に述べたように、そのような「わざ」が揮われる決闘が描かれるのである。映画のリアルな描写は、俳優の演技（剣を揮う身のこなし）によって担われている。その演技は真剣による斬り合いとはこのようなものであったのであろうという緊迫感を持ったものである。それは、確かに通常の時代劇映画における殺陣とは異なっている。それは、他の静かなシーンと対比されるダイナミックな動きを映像として表現している。そこには、それ自身映像としての美が創り出されていると言えよう。

おそらくこのような技術習得の背後には、単に剣術の鍛錬ばかりではなく、「学問」の修行が前提されているであろう。そこで、柳生宗矩の言葉にあるように、その修行の中で核心をなすであろう「致知格物」について原典に遡って検討する必要があるだろう。

「致知格物」あるいは「格物致知」の出典は『大学』（経の一章）からである。「古の明徳を天下に明らかにせんと欲する者は、先づその国を治む。その国を治めんと欲する者は先づその家を斉《ととの》ふ。その斉へんと欲する者は、先づその身を脩《おさ》む。その身を脩めんと欲する者は、先づその心を正しくす。その心を正しくせんと欲する者は、先づその意を誠にす。その意を誠にせんと欲する者は、先づその知を致《いた》す。知を致《いた》すは物に格《いた》るに在り。」（第四節、84。現代語訳「その昔の、天下の万民各自のもつ明徳を、一人残らず明らかならしめようと志した［聖賢の］統治者は、そのためにまず手近かな一国を行きとどいて治め、一人残らず善導して各自の明徳を明らかならしめるよう努力したのであった。ところで、このように一国を治めたいと期する者ならば、そのためにまず自己の家を行き届いておさめ、家族の凡てを感化して各自の明徳を明らかならしめるように努力せずにはおられなかった。また、このように一家を整斉したいと期する者ならば、何よりもまず自己の身を脩めて一挙肢一投足に至るまで凡て正しい準則から外れないように努力せずにはおられなかった。このように一身を脩めたいと期する者ならば、何よりもまず己が心を正しくしてその静止のばあいと発動のばあいとを問わず、内なる充足と指向とをしていささかも正しさを失うことのないよう努力せずにはおられなかった。このように己が心を正しくしたいと期する者ならば、何よりもまずわが意を至誠によって充満させて些かでも善への志向に欠けることのない状態に置こうと努力せずにはおられなかった。そして、このようにわが意を百パーセント至誠たらしめたいと期する者ならば、何よりもまず心の具有する知の作用をして天下の事物の上に洩れなく推し及ぼし、それらを知的にも倫理的にも理解し尽そうと努力せずにはおられなかった。ところで、斯く天下の事物を理解し尽すのには他の道はなく、ただ万事万物の具有する理を一々に即して究め尽すことによって成就するのである。」87-88）このように国家という大状況の事柄を個人の働きという小状況の事柄としての「致知格物」に帰着させ、個人にとっては、世界が自己に関係付けられることになる。

これに対して、逆に個人の側から自己を世界に関係付けていくことで、再び世界が構築される。「物格《いた》りて后《のち》知至る。知至りて后意誠なり。意誠にして后心正し。心正しくして后身脩まる。身脩つて后家斉《ととの》ふ。家斉ひて后国治《おさ》まる。国治まつて后天下平かなり。」(第五節、94。現代語訳「天下の万事・万物についてそれらに附属する道理が究め尽せたならば、とりも直さず我が知が天下の事々物々の属性を知り尽し併せてそれらについての一切の倫理的判断をも誤らないところにまで到達できたといえる。そこで初めて心がどのように発動しようとも、[意志さえ喪わない限り] 善から外れて心が動揺する虞れはなくなる。かく心の発動がいつも善に根ざし善に向うとなれば、わが心は初めて正しい在り方で充足されたことになる。既に心がいつも正しい在り方であるならば、五体の統御がその宜しきを得て、決して無軌道な挙動、応対などに出る虞れはない。このように身が脩って心の正しい制御に外れる虞れがなくなれば、それはわが身に先在する明徳の成熟を意味するに他ならない。徳の感化が一家の中に溢れ、かくて家が斉のえば、その流風余韻は一国に及んで家人も国人も凡て各自の明徳の発現を省みざる者がなくなり、自然の感化と善導の効験と相俟って、ついに天下の広き万民の衆き、洩れなく心身を新たにして至善の境地に到達し、いささかも疑うなくいささかも動揺を来すなき状態を現出するであろう。」95-96)

この件について朱子は、「心」の「知」によって「物」の「理」を捉える過程として以下のように説明する。「謂はゆる知を致すは物に格るに在りとは、言《いうこころ》は、吾の知を致さんと欲せば、物に即《つい》てその理を窮むるに在るなり。蓋し人心の霊、知有らざること莫くして、天下の物、理有らざること莫し。惟《た》だ理において未だ窮めざる有り、故にその知尽さざること有るなり。是《ここ》を以て大学の始教は、必ず学者をして凡そ天下の物に即《つい》て、その己に知るの理に因りて益々これを窮め、以てその極に至らんことを求めざること莫から使む。力を用ふるの久しくして、一旦豁然《かつぜん》として貫通するに至つては、則ち衆物の表裏精粗、到らざること無くして、吾が心の全体大用、明らかならざること無きなり。これ物格《ものいた》るを謂ふ、これ知の至るを謂ふなり。」（『伝・第五章　格物致知について』119-120。現代語訳「大学にいわゆる『衆物についての知識を理解し尽してわがものとするためには、その衆物が具有する理を窮め明らかにすることが必要だ』という意味は、万物・万事についての知識を致し極めて自己のものとしようと望むならば、万物・万事についてそれぞれの具有する理が何であるかをトコトンまで追求して究明することが肝要だということである。思うに、人心はほんらい不可思議の働きを備えて光明に充ち、よく万物の道理を区別して認識する能力を具有するものであり、他方、天下の万物はほんらいそれぞれの道理を内含、具足しないものとてはない。ただ、そうは言っても、気稟の拘泥、物欲の擁蔽などに妨げられて、万物の道理を一々極め尽せないばあいもあり得るのである。それ故、大学に在っての最初の教育方針としては、必ず学に志す連中を教導して、凡そ天下の万物について当人がこの時までに既知する道理を手掛りとして、より一層探究を重ね、も早や残る道理とては無いと言う最終の最終まで究め至らせるようにする。／かく、心力を使って久しきにわたって探求させると、或る時俄かに豁然として心眼がうち開け、今まで衆物の理をさえぎっていた障碍が一切疎通する結果となって、凡そ衆物の具有する道理が表面も裏面も精も粗も、悉くわが心裏に集って理解できないものとて無いまでになり、かくなれば、万理を知悉するに至った吾が心の本体の隅々までの凡てにわたり、また、万事万物に応じ得べき霊妙な作用の凡てにわたって、初めて明々白々となる結果をもたらすのである。／かく、衆物の道理がすべてわが心裏に集って明らかとなることが『物格る』ことであり、わが心の全体・大用の凡てにわたり明白となることが『知の至る』ことなのである。」121-122）

朱子は、「致知格物」によって客観的事物の法則性とそれを捉える主体の働きとの関係を明らかにした(註15)。このことによって彼は、単なる直観知を退けた限りにおいて、老荘や仏教とは異なる「学問」の在り方を確立したと考えられる。客観的事物の法則性を捉えない老荘や仏教を食事を摂らないで満腹したと思う病気のようなものであると批判する。「それ物に格つて以て知を致すべきは、猶ほ食するの飽を為す所以のごときなり。今物に格らずして自ら知ありと謂はば、すなはちその知は妄なり。食はずして自ら飽と為さば、すなはちその飽は病なり。もし老仏の学、その知を致さんと欲して格物のその知を致す所以なるを知らず、故に知る所の者、蔽陥離窮の失を免れずして、知と為すに足らずと曰はば、すなはちそれ可なるに庶《ちか》からん。」（『朱子文集』（上）「江徳功に答ふ」巻四十四、295。現代語訳「そもそも、物に格《いた》って知を致《きわ》めねばならぬというのは、丁度、食事が腹を満たす手段となるようなものです。いま、物に格らずに、みずから知があるというなら、その知は虚妄です。食事せずに、みずから満腹したと思うなら、その満腹感は病気です。もし仮に、老荘や仏教の学問が、その知を致そうとしながら、物に格ってその知を致す方法を知らず、したがって知っていることが、蔽い、沈み、そむき、行きづまる欠点を免れないで、知となるに値しないのだというならば、まあ当たっているでしょう。」『朱子文集』166-167）

この朱子の「致知格物」理解を「心」と「理」とを区別するものとして批判するのが、「心」と「理」とを合一させる主体の根源的な働きである「良知」の立場に立つ王陽明の理解である。「朱子の所謂格物と云ふものは、『物に即いてその理を窮《きわ》むる』に在り。『物に即いて理を窮《きわ》む』とは事事物物の上に就いてそのいはゆる『定理』を求むるものなり。これ吾が心を以て理を事事物物の中に求め、心と理とを析《わか》つて二と為すなり。」（『伝習録』中「顧東橋に答ふる書」、『王陽明全集第一巻』187。現代語訳「朱子のいわゆる格物とは、物に即してその理を窮《きわ》めんとすることにあります。物に即して理を窮めるとは、事事物物についてそのいわゆる定理なるもの（朱子『大学或問』）を求めることで、これは自己の心を用いて、（対象としての）事事物物の中

に理を求めることだから、結局、心と理とは二つに解析されているわけです。」1974：414）
「鄙人のいはゆる致知格物のごときは、吾が心の良知を事事物物に致すなり。吾が心の良知はすなはちいはゆる天理なり。吾が心の良知の天理を事事物物に致せば、すなはち事事物物皆なその理を得るなり。吾が心の良知を致すとは致知なり。事事物物皆なその理を得《う》とは格物なり。これ心と理とを合して一と為すものなり。」（同188。現代語訳「わたしのいわゆる致知格物とは、わが心の良知を事事物物に致すことをいいます。ここでわが心の良知とは、いわゆる天理に他ならず、だから、わが心の良知としての天理を事事物物に致せば、事事物物はすべてその理を得るのです。このわが心の良知を致すこと、これが致知であり、事事物物がすべてその理を得るのが、つまり格物で、これこそ心と理とを一に合するものです。」1974：415）

映画における文脈では、必ずしも朱子と王陽明との違いに触れる必要はない。大事なことは、清兵衛が戦闘技術という形にせよ、技術の習得に自らの「学問」を生かしたであろうということである。そのときには、清兵衛は朱子の言うように刀という客観的事物を用いての剣の技術の法則性に則って修行したであろうし、このような修行の際にも貫かれる主体的な生き方としては「考える力」を重視する点で王陽明の「良知」のような主体の根源的な働きを尊重したかもしれない（王陽明の「知行合一」の項および註21参照）。

娘たちと刀との対比は、父親としての自分がまた「侍」として戦闘技術者でもあること、そしてそのことによって娘たちのためには父親として刀に自分の生命を賭けなければならない戦闘者であることへの思いを痛切に描いている。このことは、以登のナレーションによって娘の側から語られる。「異様な音がして、その音で私は目を覚ましました。音のするほうを見ると、父が土間で刀を研いでました。その姿はいつもの父とはとうてい思えないほど不気味でした。恐くなって、私は蒲団に潜り込んでしまいました。あの夜の光景はいまでもまざまざと憶えております」（シナリオ50）このことによって以登は、いままで知ることのなかった父親清兵衛が別の顔を持っていること、つまり紛れもなく戦闘技術者でもあることを目撃したことになる。そしてそのことが(たとえ、そのとき直ぐにではないにせよ)自分たちの生活を守るものであったことをも理解したことであろう。恐い思いにもかかわらず、父親への理解が一段と深まったのではないだろうか。ナレーターとして登場するだけのことはあるわけである。

(5)　ユーモア——題名の由来

映画の題名は原作の一つ「たそがれ清兵衛」から採られている。しかし、その由来となる物語は同一ではない。それは、小説および映画におけるユーモアの要素の描き方の違いによる。題名を採った原作「たそがれ清兵衛」からは、主人公が「たそがれ」という渾名で呼ばれる理由のうち、下城後同僚とのつきあいなどしないで家にすぐ戻る日常生活の部分が取り上げられている。ただし、この部分にも相違がある。貧しさという点では同じだが、原作では妻の介護という点が理由となっているのに対して、映画では亡妻の療養・葬式費用の捻出のために内職をすることや母親が耄碌し家事・付き合いなどで多忙であることというような切実な必要が理由となっている。このことが題名にどのように関わるのかが問われるべきである。

ところで、「たそがれ」という渾名にはなんとはなしにユーモアがある。同僚たちによって付けられたわけだが、原作では家庭での仕事の疲れで居眠りするのに対する「同僚の陰口」である（清22）と言われている。この主人公の顔つきからして、何かおかしいのである。「馬のように長い顔に、ややひげがのびかけている。さかやきものび加減だった。衣服まで少々垢《あか》じみて」（清24）いるというわけである。映画でも「心ない同僚の人たち」がそう呼んでいた（シナリオ27）とされる。しかし、映画の主人公は居眠りなどするとは思われない真面目人間である（ややひげがのびかけており、月代ものび加減で少々垢じみた衣服を着ているけれども、真田広之の演ずる主人公はおよそ原作の描く風貌とは異なっており、また職務もきちんと果たしているようであり、居眠りなどする様子は見られない）。ただし、この渾名は悪意によるものとも違っている。それは、むしろ清兵衛の事情が憐れみを感じさせるようなものであり、それなりに同僚にとって止むを得ない事情として捉えられていたというように描かれている。

一般に藤沢の時代小説においてはユーモアの要素が重要である。この点は、とりわけ下級武士の描き方において顕著である。身分制度を相対化し無意味化するのは、下級武士のおかしな立ち居振る舞いなのである。その場合、身分制度の重荷を背負う者として下級武士が描かれるわけだが、例えばそれが武士道残酷物語というような形で描かれるということも他の作家の時代小説には見られるであろう。藤沢においてもそのような作品が初期にはよく見られた（例えば「暗殺の年輪」藤沢 1978 参照）。しかし、この制度がいわば前提された上で武士道残酷物語ではなくて、むしろ剣についてでは珍しい「隠し剣」というような技術的な側面が取り上げられた（これらの描写が連作集『隠し剣孤影抄』・『隠し剣秋風抄』に集められている。藤沢 1983,1984 参照）。その後、剣の技の発揮についてよりも、そのような剣に心得があり、それ以外には自分が何者かであることを表しえない下級武士の人間としての立ち居振る舞いが描かれる（註16）のである。ここに藤沢の社会認識の深まりが示されている。映画においても原作と共通に、この要素を含んでいる。しかし、ではどのような形でユーモアを描くのかという点で異なっている。

原作では清兵衛にとって藩命の上意討ちは、妻の介護に比べれば、さほどの切実な問題ではない。むしろ後者の方が大事なのである。それ故清兵衛にとっては、藩命は確かに大切ではあろうが、これら二つの事柄が時間的にかちあってしまうということが気がかりなのである。つまり、剣の技を揮うことは彼にとっていわば職務上のことであり、そのための準備は何か特別のことではなく、むしろ当然のこととして受け止められているのであろう。この点については描写されているわけではない。おそらく彼には彼なりの心得があり、自分の剣の技倆について不安があるわけではなく、それについては特別に念頭にあるものではないので平然としていられるのであろう。彼も武士の一人ではあるのだが、それに加えて或る意味で技術者（この場合は戦闘技術者）である。ここでは、武士という本来戦闘者であるはずの人間が藩士として位置付けられるとき、戦闘者であるというよりも、「侍」としては、いわば単なる技術者になっている。しかし、武士であるという建前からするならば、この点は彼にとって特別取り上げるべきことではない。もちろんこれは、ただの役人に止まる多くの武士とは異なっている。

ここで問題となるのは、技術がどのような場面で用いられるのかということである。ここでの彼の技術は「藩の大事」のために用いられるというのであるが、これが藩の上層部の権力争いにすぎないことなど彼の関心の外にあることである。彼は平「侍」として、あるいはただの技術者として利用されるのであり、技術者としての位置付けはこの権力争いとの対比において鮮やかである。これは、彼が「たそがれ」と呼ばれる理由に関わっている。原作では妻の介護の切実さ故に「藩の大事」という家老からの命を断り続ける。妻の介護故に「たそがれ」と呼ばれるわけだが、どのように呼ばれようと彼には一向に構わない。そして加増や好みの場所への役替えというようなことにはまったく心を動かさない。唯一彼が心を動かしたのは、家老が妻の療養の可能性について述べたときであった。彼にとっては人間としての関心が彼の関心のほとんどすべてを占めているのである。剣の技術はこの関心に関わる限りで、位置付けられるにすぎないわけである。

「『しかし、そなたに命じておることは藩の大事じゃ。女房の屎《しし》の始末と一緒には出来ん。当日は誰か、ひとを頼め』

『ご家老、その儀はお許しねがいます』

清兵衛は畳に額をすりつけた。

『余人には頼みがたいことでございます』

『何を言うか。女房にもよく言い聞かせて、近所の女房でも頼めば済むことではないか』

杉山は威丈高に言ったが、そこで声の調子をやわらげた。

『清兵衛。このことが首尾よくはこんだら、加増してつかわすぞ』

『……』

『いまの役目に不足があれば、好む場所に変えてやってもよい』

それでも清兵衛がむっつりとうかない顔をしているのをみると、杉山頼母はさらに機嫌《きげん》をとるようなことを言い出した。

『清兵衛、申してみろ。何かのぞみがあるだろう。かなえてやるぞ』

『べつに……』

『べつにということはあるまい。女房は労咳だそうだが、さしあたり女房の病気がなおることなどは、のぞんでいないのか？』

清兵衛が、はじめて眼《め》を上げて家老の顔をじっと見た。その顔に、杉山はうなずいてみせた。」（清 30-31）

家老は、良い医者に妻を診させるということで清兵衛を承知させようというのである。両者の話はもともと食い違っているのだが、ここではじめて家老と清兵衛とがそれぞれの必要を満足させるために折り合うという接点が生じる。つまり、一方で家老にはどのような方法にせよ「藩の大事」の実行を清兵衛に承知させることが必要であり、他方で清兵衛には妻の療養が必要である。藤沢は、ここで権力争いによる「藩の大事」なるものを清兵衛の私的な事情のレヴェルに引き下げることで無意味化している。その描写を強めているのは、清兵衛があくまでこの「藩の大事」を実行するのにただ当日の時間のやりくりをどうするのかというようなことをのみ気にしているということである。このちぐはぐな様子がなんともおかしいのである。

「その話は清兵衛の気持をとらえたようだった。しかし、当日の夜をどうする？　という思案で、清兵衛は天井をむいて大きな口をあけたりとじたりしている。

『ご家老、こうされてはいかがですか』

大塚七十郎が助け舟を出した。

『井口は、その日は一たん家にもどります。重職が参集して、会議がはじまるのはおよそ六ッ半（午後七時）近くなりましょうゆえ、それまでに家の始末をして、いそいで城にもどるというのは、いかがですかな？』

『それならば……』

清兵衛が、ほっとしたように言った。」（清32）

彼にとって藩命なるものは妻の病状を回復させるものである限りの位置付けしかなされていない。つまり、本来比べられないものを比べているというところにおかしさがある。このように妻への愛情を描くことのうちには、清兵衛にとって最も大事なことは何よりも妻のことであることが明らかにされるという仕方で、人間としての清兵衛の根本的立場が示されているのである。そのことのうちに人間として何を大切にするのかということをめぐっての藤沢の視点が現われていると言えよう。

ここには、同時に藩命なるもので縛られる武士というものへの藤沢の視点も示されている。その際、確かにこの藩という制度は前提されている。しかし、主人公は藩の側からただの戦闘技術者にされてしまうことを逆手にとって、「藩の大事」を完全に相対化し、無意味化してしまうのである。というのは、藩の側からすれば公的であるべき事柄を私的な事情と等価値あるいはむしろ私的な事情の方をより価値あるものとするからである。

権力者の専横に対して攻撃をしかけるべき肝心要の場面に清兵衛はなかなか現われない。家老はやきもきし、苛立ちを募らせる。「だが、井口清兵衛がまだ来ていなかった。懸念《けねん》したとおりだと、杉山は内心舌打ちする気持である。時刻はすでに五ッ（午後八時）を過ぎていた。当然もどっているべき時刻に、まだ姿を見せないのは、病妻の介抱とやらに手間取っているのだろう。／――女房の尿《しし》の始末か、ばかめ！／杉山頼母の頭が、かっと熱くなる。いまが藩主家に対する不遜《ふそん》な容喙《ようかい》ぶりを暴露して、堀の長年の専横にケリをつける最後の機会だった。だがその攻撃の詰めには、井口清兵衛が必要なのだ。／あばき立てるぐらいでは、狡猾《こうかつ》な堀は逃げる。逃げて、逆にこちらを断罪しにかかるだろう。井口の上意討ちの用意がなければ、うかつに切り出せる話ではない。／――やつめ。／一藩の危機と女房の病気の、どちらを大事だと思っているのかと、杉山は胸のうちにある井口清兵衛の馬面《うまづら》に罵《ののし》り声を浴びせたが、あの清兵衛なら、どっちとも判じかねると首をかしげるかも知れないと思うと、苛立《いらだ》ちはよけいに募《つの》ってきた。」（清 34-35）

このように価値の転倒を遂行しようとするものとして、清兵衛の態度のおかしさが描かれるわけである。ここには藤沢による「武士道」への評価が示されている。清兵衛は武士の意地のために刀を揮うわけではない。「藩の大事」を遂行するよう命じられるのだが、別にそれが「藩の大事」だから遂行するわけでもなく、妻の療養の可能性をかけて最低限の職務として遂行するのみである。生命のやりとりになるはずの事柄が清兵衛にとっては、はじめて主体的な取り組みとなるわけである。ただし、そのようになっても清兵衛は、淡々とした立ち居振る舞いに終始するのであるが。

この点では映画は基本的な立場として原作と共通するものを持っているけれども、異なった仕方で事柄を描写している。映画の場合は、この制度の相対化は歴史上、武家社会の終焉に関連して描かれる。映画では清兵衛の態度のおかしさは出ていない。その点では映画での上意討ちの断りの理由は、原作のようにはユーモラスなものではなく、非常に切実なものである。家老堀将監（嵐圭史）とのやりとりも原作とは大分雰囲気が異なっている。

「清兵衛『長い年月、幼い娘たちと病に伏す妻と年とった母親を抱えて日々の暮らしに追われる中で、恥ずかしながら、私は剣への志を失くしてしまいました。真剣の勝負は――人の命を奪うということは、獣のような猛々しさと、命を平然と捨て得る冷酷さがなくてはならね。それが今の私には全くありましね。せめて一月ご猶予をもらえれば、山中に籠り、獣を相手に自分を鍛えてそれを取戻すことができるかもしれませぬが、今日の明日ではとても無理でがんす。何とぞこのお役目はどなたか他の人にお譲りくださいますように』

それまで黙って聞いていた家老の堀が、額に青筋を立てて怒鳴りつける。

堀『このうつけものが！　さいぜんから詰らぬことをくだくだ抜かしおって。平侍の愚痴を聞くために、この夜更にそちを呼んだのではない。余吾を討てというのは藩命であるぞ。わかっておるのか、そちは！』

清兵衛、平伏する。

堀『藩命すなわち藩主の命令である。それを断るなどとは思い上がりも甚だしい。即刻お役ご免、藩外追放である！』」（シナリオ48）

ここでは家老は原作でのようには清兵衛の気を惹こうとしたりなどしない。断固として命令するのみである。とりなしながらも他の重臣たち、物頭寺内（中村梅雀）、御書院番大塚（尾美としのり）も上役久坂も引き受けるように圧力をかける。家老は時間の猶予への清兵衛の願いをもただ退けるのみである。

「清兵衛『せめて、そのご返事をするのにひと晩かふた晩のご猶予をもらいましねでがんしょか』

堀、苛々したように答える。

堀『ならぬ！　即刻返答せよ』

寺内、大塚、じっと清兵衛を見つめる。

清兵衛、ゆっくりと体を起こす。

そして、放心したような表情で口を開く。

清兵衛『承知致しました。余吾善右衛門を討ち取るお役目、慎んでお受け致します』」（シナリオ 49）

ここには一方的な命令の強要しか見られない。原作に見られたような上司の側もそれなりに清兵衛の事情に配慮する雰囲気は感じられない。家老の名前も原作で上意討ちの対象になる尊大な権力者堀将監の名前が用いられている。清兵衛が最初断ったのも、また時間の猶予を願ったのも、それは、きわめて冷静に自分を見つめ、「獣のような猛々しさと、命を平然と捨て得る冷酷さ」をもって命をやりとりできるまでに心身を鍛える時間が必要であるというものであるから、そこにユーモアを見出すことは難しい。「たそがれ」と呼ばれる理由から生じることではあるけれども、原作のこの部分とは直接には繋がってはいない。しかし、それは言い訳というものではない。それもただ家族のために断ったというわけでもない。むしろそこには武士であることの誇りという点で自分が「剣への志」を失ったことへの恥ずかしさが告白されている。（藤沢作品の中には「獣」のようになって闘う武士の姿を描いたものもある。例えば「ただ一撃」藤沢 1978 参照。ただし、その場合にも日常的にはそのような雰囲気は感じさせず、人々のぼんやりとした記憶の中にあるだけである。しかし、藩にとって剣士が必要になったとき、その薄れた記憶の中から呼び起こされ、藩命によって闘うことになったとき、かつての戦闘者であることを自ら思い出し、自らを鍛え直すのである。）ということは、結局引き受けた理由は、武士として余吾と斬り合って勝つという決意によってである。久坂に「お前なら必ず勝つ」と言われて、清兵衛は「私もそう心に決めております」（シナリオ49）と答えるのである。

ここには清兵衛にとって「藩命」の正当性が問われる可能性はない。権力者の意志のみが正当であることになる。下級武士としては、その正当性如何を問うことができない以上、彼にできることは、一人の戦闘者として事態に立ち向かうことだけである。ここに「藩」に組み込まれた「侍」として下級武士の位置付けがある。「藩」による位置付けでは、ただその戦闘技術のみが求められているわけである。権力者にとっては、権力闘争の一つの駒にすぎない。この理不尽さの描写には山田なりの「武士道」への評価が示されているであろう。原作における描写よりも切実さを帯びている。「侍」であることを原作よりもまともに引き受けていると言えよう。

ここには、ユーモアで描写する余裕はまったくないようにも思われる。では、どこにユーモアの要素が見られるのかと言えば、それは例えば母親のボケによって作り出される家族の関係の在り方に求められている。母親加代の言葉「あんた様はどちらのお身内でがんしょか」が映画の中では繰り返し数回登場する。加代には清兵衛（シナリオ28,36参照）や本家である実家の当主で兄の藤左衛門（シナリオ32参照）が誰なのかが分からないほどボケが進行している。しかし、朋江のことは分る。朋江が誰かということについて息子に訊かれた母親は「飯沼の朋江はんでがんしょう」（シナリオ36）と答える。現代の家族における高齢者の介護問題というテーマが取り入れられているとも言えよう。いわゆる斑ボケということになるのだろう。朋江についての答えから見て自分についても分かってくれるのではないかと期待する息子には無情な答えが返ってくる。自分について訊く息子に対してはやはり「どちらのお身内でがんしょか」が出てくるのである。このシーンの山田監督ならではの間の取り方にはその場にいる朋江や娘たちの登場人物とともに観客も笑わずにはいられない。

ここには、山田なりの「おかしさ」についての捉え方が現れていると思われる。そこで、この点について言及しよう。山田は、「おかしさ」について、それを見る人にとって「思いあたる」ことにあるとして次のように捉える。「大事なことは、自分にはその気持がとてもよく理解できる、あるいはあまりにも思いあたることなので、つい満足のあまり笑ってしまうという心理なのです。／思いあたるその内容は、とても悲しいことであったり、絶望的なことがらであることが多いのですが、それでもやはり、的確に思いあたるとおかしくなってしまう。たとえば寅さんが失恋するのを見てついふきだしてしまうのもそうです。本人にとってそれはじつに悲劇的なことがらであることはよく承知している。事実、自分が失恋したときに死のうとまで思ったこともあった。にもかかわらず、寅の失恋を見ているとそれが思いあたることによってついふきだしてしまう。」（山田 1978：66）ここで「思いあたる」ことは、見る人にとって自分にもよくあることではあるのだが、そのような立ち居振る舞いは愚かなことにも思われ、あまり肯定的には評価できないことが多いようである。少なくともそれを見ている自分はそのようにはしないと思っている。

この規定は、笑いについての有力な定義の一つである優越感による定義を想起させる。例えば、マルセル・パニョルは『笑いについて』の中で言う。「笑いは勝利の歌である。それは笑い手の笑われる人にたいする瞬間的な・だが忽如として発見された優越感の表現である。」（傍点は原文。パニョル 1953：31）訳者による同書への付録におけるスタンダールの「笑いについて」も同じような定義をホッブズから引用している。「ホッブズによれば、肺と顔面筋肉のこの痙攣は、『他人にたいしてわれわれの優越を忽如として、しかもきわめて明瞭に見た』結果生ずるものであるという。（『人性論』）」（パニョル 1953：112）

映画における母親加代の台詞の繰り返しは、機械的なものも感じられる。この点では、笑いについての有力な定義の一つとしてのベルグソンの捉え方、すなわち生命に対する機械的なものの中に笑いを見出すという捉え方が当てはまるようにも思われる。「しなやかなもの、不断に変化するもの、生きているものに対するこわばったもの、出来合いのもの、機械的なもの、注意に対する放心、つまり自由活動に対する自動現象、要するにそれらが笑いの選り出すものであり、矯正しようとするものである。」（ベルグソン 1976 : 122）

ただし、映画において加代は兄藤左衛門に叱られて泣いてしまう（シナリオ 32）ところからするならば、単に機械的にこの言葉を言っているわけではないであろう。彼女なりに目の前の人間に問うているのであり、それを聞く登場人物やわれわれ観客が彼女の切実な問いとその問いを受ける周囲の人間たちの自己認識とのずれについ笑ってしまうのである。その点では山田の指摘するように、日常生活での生活感覚をもとに加代の言葉に「思いあたる」ということが重要であろう。この点では山田が『男はつらいよ』での寅次郎の立ち居振る舞いを描く仕方と共通であろう。「なぜ寅さんが労働者とか青年というとおかしくなるのかといいますと、おそらく、その言葉にふくまれているいろいろと複雑なニュアンスを観客は日常生活で経験していて、よびかけがそれをパーッとよみがえらせる力をもっているからだと思います。そうしていろんなイメージがふくらんでいくときに、ついニヤニヤしたり、ふきだしたりする。」（山田 1978 : 67）

原作では、清兵衛ばかりではなく、助八も何となくおかしな人物である。「暮らしの箍がはずれた」というところに性格的なおかしさがある。また、小黒丹十郎も真面目であるだけに何かおかしさを感じさせる。召抱えの話がとうに済んだところに頼ってこられた藩士にとってはおかしく、かつ腹立たしい。「いまごろ、しかも妻子連れでのこのこ現われた小黒という人物に、八郎左衛門は、芝居の幕が下りてから大真面目で舞台に出てきた役者を見るような、滑稽《こっけい》なものを感じる。その滑稽さに、自分がかかわり合っているのが腹立たしかった。」(竹 30) このように、物語そのものが何か本来期待されるべきであるような本筋からずれてしまっている。このことに藤沢の作品によって捉えられたユーモアあるいはおかしさがあるのである。仕官の口を求めての旅という境涯を送るという下級武士こそ身分制度の問題を一身に家族とともに引き受けているわけである。その存在は哀しくもおかしいのである。身分制度が厳然と存在すればするほど、下級武士の存在はそこから外れてしまうおかしさを身をもって示している。ここに藤沢の社会認識の深まりがある。その根底には藤沢の武士道観が置かれているであろう。

2　武士道観

(1)　藤沢の戦時体験

「庶民の模範」としての武士の位置付けについては、新渡戸稲造によって言われる通りであろう。「過去の日本は武士 the samurai の賜《たまもの》である。彼らは国民の花 the flower of the nation たるのみでなく、その根 root であった。あらゆる天の善き賜物 the gracious gifts of Heaven は彼らを通して流れでた。彼らは社会的に民衆 the populace より超然として構えたけれども、これに対して道義の標準 a moral standard を立て、自己の模範 example によってこれを指導した。」（新渡戸　1938=1974：128；Nitobe 1969：159-160）このような武士の位置付けは、儒教的な武士道、すなわち「士道」に基づくものであろう。そして原作や映画が示すように、この位置付けがそれなりに武士たちに受け止められていたのであろう。

しかし、藤沢による主人公たちの人間像は、このような位置付けがすでに揺らいでいることを示しているであろう。彼らは、いわば身をもって、このような位置付けが形骸化していることを示しているわけである。その示し方は、正面から描くことにあるというよりも、むしろ彼らの性格的なおかしさを描くことにある。映画の主人公清兵衛は、むさくるしさによって主君に不快な思いをさせたことを反省している（後のシナリオ 32 からの引用参照）。これは相手が主君であることもあるとしても、清兵衛自身が「庶民の模範」であるべきであるということを彼なりに受け容れていることをも示しているであろう。ただし、そこにあるのは、性格的なおかしさによるというよりも、実際の貧しさ故に「士道」に忠実であろうとする真面目な態度も破られがちであることが描かれる。ここに「士道」におけるような儒教的な思想がこの時代において果たしたそれなりの役割についての山田の評価も示されているのであろう。

藤沢による下級武士の描写の仕方には、武士道についての藤沢の捉え方が示されているであろう。そしてその捉え方には藤沢の戦時体験に基づく後悔の念が関わっている。もともと藤沢には、若き日にその時代の若者によく見られたようだが、死について考え続けていた。「戦争中、私は子供なりに、いつか天皇のために死ななければならないだろうと思い、そのときどうしたら、男として醜くない死に方ができるかを考えつづけた。」（「天皇の映像」、藤沢 1984 = 1996 : 338）そのような藤沢が当時喧伝されていた「武士道」に『葉隠』に触れることよって時代における自己の生き方あるいは死に方を見ようとしたこともあった。「死ぬのはこわかったが、私は気持のどこかで恰好のいい死にあこがれてもいた。しかしいさぎよく、醜くなく死ぬことは簡単ではないように思えた。そこのところの覚悟を決めるために、私はひそかに『葉隠』やほかの死生観に触れた本を読んだりしていた。」（「半生の記」、藤沢 1997：75）しかし、その「武士道」に傾倒したことに藤沢は悔恨を抱いていたようである。「武士道」はあくまで「主《しゅう》持《も》ち」の思想として捉えられた。

そのときの藤沢（以下「『美徳』の敬遠」、藤沢 1995：124-127）は、「予科練の試験をうけたこともある末期戦中派」であり、「ああいう形の敗戦があるなどとは夢にも思わず、敗《ま》けるときは一億玉砕しかないと思っていた。完全な軍国主義者で、そういう自分を疑うすべを知らなかった」という。これが敗戦によって完全に逆転したわけだが、藤沢は自分の主体的な態度の欠如として自覚する。「戦争中、こっそりと『葉隠《はがくれ》』に読みふけった自分や、武士道という言葉をふりかざして、居丈高にふるまっていた軍人たちの姿などが、ネガが突如としてポジに変るように、はっきりと見えて来たのは戦後のことである。それは奇怪で、おぞましい光景だった。／おぞましいというのは、自分の運命が他者によっていとも簡単に左右されようとしたことである。」「私は当時の一方的な教育と情報、あるいは時代の低音部で鳴りひびいて武士道といった言葉などに押し流されて、試験を受けたのである。そのことが戦後、私のプライドにひっかかった」が、「級友をアジって一緒に予科練の試験を受けさせたりしたのだから、ことはプライドの問題では済まない」というう。「私も加害者だった」というのである。

そのような体験からの「武士道という言葉」についての藤沢の次の言葉は理解できる。「武士道という言葉でうかんで来るのは、なぜかヒステリックにいばっていた軍人とか、葉隠の、武士道は死ぬことと見つけたり、という一章などである。その言葉は、内容空疎《くうそ》で声ばかり大きかった悪い時代を思い出させる。こだわらずにいられない。」藤沢は、このような問題意識から彼なりの仕方で「武士道」という言葉をめぐって考察しようとする。「昭和のあの年代に喧伝《けんでん》された武士道は、本来の武士道にてらせば似て非なるものだったという指摘がある。それなら本来の武士道ならば容認していいかというと、私はそこにもまだこだわりがある。」ここで藤沢が言及する指摘が誰のものかについて、藤沢は名前を挙げているわけではない。それ故、何が「本来の武士道」とされているのかという点は不明である。

藤沢の文脈からすると、ここで「本来の武士道」とされているのは藤沢の意味での儒教的な武士道であると思われる。儒教的な武士道とは、歴史的にはいわゆる「士道」にあたるであろうが、藤沢は「武士道」と「士道」とを区別していない。藤沢によれば、「武家の作法」は徳川家康によって儒教が奨励され、「その中に含まれる徳目を治世の用に役立てることに先鞭《せんべん》がつけ」られるようになったことを境い目に変化したという。「その先の戦国の世には、君、君たらざれば、臣、臣たらずと、家臣が主人を見限ることがあった」のであり、「それが元来の武家の意気地であり、古い作法だった」のであって、「主の命令よりも、自分の名と意地を惜しんだのである」としている。藤沢は、このような「古い作法」に儒教的な武士道を対比させる。「徳川の治世が行きわたり、儒教的な倫理観が武家の日常までしばるようになると、主君と家臣の関係は、君、君たらずとも、臣、臣たりといった中身に変り、はては『葉隠』の武士道は死ぬこととと見つけたりという、一種嗜虐《しぎゃく》的な覚悟に到達する。いわゆる武士道がそこに成立し、その新しい武家の作法の下で、武家はいさぎよく腹を切ったり、また切らされたりしたわけである。」藤沢は、このような武士道に「残酷というレッテルを貼《は》るだけでは、当時の武家社会の仕組みを批判したことにはならない」と指摘する。「それは今日からみればただの残酷かも知れないが、ひと時代の美徳とされたものなのである」という。藤沢は、当時の武士の内面に即するように、その「美徳」を説明する。「弁明せずに腹を切ることは美徳であり、弁解したり、生きるためにあがいたりすることは、武家の作法にはずれることだった。さればこそ、武家は、その覚悟を日常のものとするために、どのような変事にも対処して動じない人格を錬磨《れんま》することにつとめたのである。」藤沢は、このように「本来の武士道」を儒教的な武士道、そしてさらに『葉隠』の武士道に見出すわけである。

この武士道こそ、藤沢の批判の対象である。「だがその美徳は、つまるところ公《おおや》けのために私を殺す、主持《しゅうも》ちの思想だったと言わざるを得ない。滅私奉公である。そこでは、私的で人間的なもろもろの感情は、めめしいこととしてしりぞけられる。」ここでの藤沢の立場は、家康に始まる儒教的な「支配の論理」に対して日本社会における「真の個の解放」・「市民社会の成熟」を目指すところにある。「卓抜な政治家であった家康は、儒教の教えるところの中に、支配の論理にかなう文脈がふくまれていることを必ず見抜いたに違いない。家康のその狙《ねら》いは的を射て、武家の作法は、二百数十年の封建社会をささえる骨となったが、個の解放はそれだけ遅れた。そのタテの倫理の背骨は、いまなお日本の社会に根強く残っていて、ヨコの倫理によって導き出されるべき真の個の解放、市民社会の成熟をさまたげ、遅らせているように思われる。」

ここから、藤沢作品の主人公たちの位置付けが明らかとなる。そのような「美徳」を敬遠し、それとは別の人間像を描くことである。藤沢は、控えめにそのことを述べる。「私はとりあえずはその『美徳』の部分を敬遠し、その周辺にいて、ちょっぴり武家の作法に抵触した程度ならお目こぼしにあずかれるような人物を、目下の小説の主人公に取りあげている」というわけである。「たそがれ清兵衛」はそのような人物の典型であろう。

儒教について藤沢が述べることは、新渡戸稲造によって「武士道の淵源」Sources of Bushido の一つとして儒教について述べられるところに合致している。「厳密なる意味においての道徳的教義 ethical docrtrines に関しては、孔子の教訓 the teachings of Confucius は武士道の最も豊富なる淵源であった。君臣 master and servant (the governing and the governed)、父子 father and son、夫婦 husband and wife、長幼 older and younger brother、ならびに朋友《ほうゆう》 friend and friend 間における五倫の道 the five moral relations は、経書 his writings が中国から輸入される以前からわが民族的本能 the race instinct の認めていたところであって、孔子の教えはこれを確認したに過ぎない。政治道徳に関する彼の教訓 his politico-ethical precepts の性質は、平静仁慈にしてかつ処世《しょせい》の智慧に富み calm, benignant and worldly-wide、治者階級 the ruling class たる武士には特に善く適合した。孔子の貴族的保守的なる言 aristocratic and conservative tone は、武士たる政治家の要求the requirements of these warrior statesmen に善く適応した well adapted のである。」（新渡戸 1938=1974：34-35；Nitobe 1969：15-16）見られるように、武士道は孔子の「貴族的保守的なる言」に対応しているであろうという点で藤沢によって批判されるのである。

　ただし、新渡戸が孟子について述べることは、藤沢が先に儒教一般について述べていたところとは少し意味が異なるかもしれない。「孔子に次いで孟子 Mencius も、武士道の上に大なる権威を振《ふる》った。孟子の力強くしてかつしばしばすこぶる平民的なる democratic 説は、同情心ある性質の者 sympathetic natures には甚だ魅力的であった。それは現存社会秩序 the existing social order に対して危険思想である dangerous 、叛逆的である subversive 、とさえ考えられて、彼の著書は久しき間禁書であったが、それにもかかわらず、この賢人の言 the words of this master は武士の心 the heart of the samurai に永久に寓《やど》ったのである。」（新渡戸 1938=1974：35；Nitobe 1969：16)むしろ藤沢作品の主人公たちは、新渡戸が孟子について言うように「平民的」であり、「同情心」に溢れているのである。

ここで「同情心」つまり「忍びざるの心」あるいは「怵惕惻隠《じゅってきそくいん》の心」についての孟子の有名な言葉を聴こう。「孟子曰く、人皆人に忍びざるの心有り。先王《せんのう》人に忍びざるの心有りて、斯《すなわ》ち人に忍びざるの政《まつりごと》有りき。人に忍びざるの心を以て、人に忍びざるの政《まつりごと》を行なわば、天下を治むること、之を掌《たなごころ》の上に運《めぐ》らす［が如くなる］べし。人皆人に忍びざるの心有《あ》りと謂《い》う所以《ゆえん》の者は、今、人乍《にわか》(猝)に孺子《じゅし》(幼児)の将《まさ》に井《いど》に入《お》(墜)ちんとするを見れば、皆怵惕惻《じゅってきそく》隠《いん》の心有り、交《まじわり》を孺子の父母に内《むす》(結)ばんとする所以《ゆえん》にも非《あら》ず、誉《ほまれ》を郷党朋友《きょうとうほうゆう》に要《もと》(求)むる所以《ゆえん》にも非ず、その声《な》(名)を悪《にく》みて然るにも非ざるなり。是れに由りて之を観《み》れば、惻隠《そくいん》の心無《な》きは、人に非ざるなり。羞悪《しゅうお》の心無きは、人に非ざるなり。辞譲《じじょう》の心無きは、人に非ざるなり。是非《ぜひ》の心無きは、人に非ざるなり。惻隠の心は、仁の端《はじめ》なり。羞悪の心は、義の端《はじめ》なり。辞譲の心は、礼の端《はじめ》なり。是非の心は、智の端《はじめ》なり。人の是《こ》の四端《したん》あるは、猶《なお》其の四体あるがごときなり。是《こ》の四端《したん》ありて、自ら［善を為《な》す］能《あた》わずと謂《い》う者は、自ら賊《そこの》う者なり。其の君［善を為す］能わずと謂う者は、其の君を賊《そこの》う者なり。凡そ我に四端有る者、皆拡《おしひろ》めて之を充《だい》(大)にすることを知らば、［則ち］火の始めて然《も》(燃)え、泉の始めて達するが若《ごと》くならん。苟《いやしく》も能く之を充《だい》にせば、以て四海を保《やす》んずるに足《た》らんも、苟《いやしく》も之を充《だい》にせざれば、以て父母に事《つこ》うるにも足《た》らじ。」(『孟子』巻第三　公孫丑章句上、上139-140。現代語訳「孟子がいわれた。『人間なら誰でもあわれみの心(同情心)はあるものだ。むかしの聖人ともいわれる先王《せんのう》はもちろんこの心があったからこそ、しぜんに温かい血の通った政治(仁政)が行なわれたのだ。今もしこのあわれみの心で温かい血の通った政治を行なうならば、天下を治めることは珠《たま》でも手のひらにのせてころがすように、いともたやすいことだ。では、誰にでもこのあわれみの心はあるものだとどうして分るのかといえば、その理由《わけ》はこうだ。たとえば、ヨチヨチ歩く幼《おさ》な子が今にも井戸に落ちこみそうなのを見かければ、誰しも思わず知らずハッとしてかけつけて助けようとする。これは可愛想だ、助けてやろうと［の一念《いちねん》から］とっさにすることで、もちろんこれ(助けたこと)を縁故《えんこ》にその子の親と近づきになろうとか、村人や友達からほめてもらおうとかのためではなく、また、見殺しにしたら非難されるからと恐れてのためでもない。してみれば、あわれみの心がないものは、人間ではない。悪をはじにくむ心のないものは、人間ではない。譲《ゆず》りあう心のないものは、人間ではない。善《よ》し悪《あ》しを見わける心のないものは、人間ではない。あわれみの心は仁の芽生《めば》え(萌芽)であり、悪をはじにくむ心は義の芽生えであり、譲りあう心は礼の芽生えであり、善し悪しを見わける心は智の芽生えである。人間にこの四つ(仁義礼智)の芽生えがあるのは、ちょうど四本の手足と同じように、生まれながらに具《そな》わっているものなのだ。それなのに、自分にはとても［仁義だの礼智だのと］そんな立派なことはできそうにないとあきらめるのは、自分を見くびるというものである。またうちの殿様はとても仁政などとは思いもよらぬと勧《すす》めようともしないのは、君主を見くびった失礼な話である。だから人間たるもの、生れるとから自分に具わっているこの心の四つの芽生えを育《そだ》てあげて、立派なものにしたいものだと自ら覚《さと》りさえすれば、ちょうど火が燃えつき、泉が湧《わ》きだすように始めはごく小さいが、やがては［大火ともなり、大河《たいが》ともなるように］いくらでも大きくなるものだ。このように育てて大きくしていけば、遂には［その徳は］天下をも安らかに治めるほどにもなるものだが、もしも育てて大きくしていかなければ［折角《せっかく》の芽生えも枯れしぼんで］、手近《てぢか》な親孝行ひとつさえも満足にはできはすまい。」同 140-142）

先に述べたように、原作の助八は、そしておそらく映画の清兵衛も、朋江とその兄倫之丞とに同情して自ら甲田豊太郎との果し合いの代役を買って出たのであった。そのことがその後藩内の評判となり、上意討ちの討手に選ばれてしまうのである。ただし、原作の助八あるいは映画の清兵衛は、そのような同情心の持ち主として描かれているが、しかし「主持ち」であることはやむをえずそのようにしているのであって、したがって君主の個人的な態度の在り方には還元できない身分制度を結局は受け容れないであろう。

(2)「皇道的武士道」およびそれへの批判

戦争中若き日の藤沢、つまり旧制中学生であった小菅留治は、当時喧伝された「武士道」についてたのであろう。その際おそらく出版されてからまだ余り時間の経っていなかった『葉隠』(岩波文庫版、一九四〇年)を「読みふけ」ったのであろう。

そこで藤沢に強い印象を与えたのは、同書の余りにも有名な次の一節であった。「武士道といふは、死ぬ事と見付けたり。二つ〳〵の場にて、早く死ぬかたに片付くばかりなり。別に仔細なし。胸すわつて進むなり。図に当らぬは犬死などといふ事は、上方風の打ち上りたる武道なるべし。二つ〳〵の場にて、図に当るやうにわかることは、及ばざることなり。我人、生きる方がすきなり。多分すきの方に理が付くべし。若し図にはづれて生きたらば、腰抜けなり。この境危ふきなり。図にはづれて死にたらば、犬死気違なり。恥にはならず。これが武道に丈夫なり。毎朝毎夕、改めては死に〳〵、常住死身になりて居る時は、武道に自由を得、一生越度《をちど》なく、家職を仕果すべきなり。」(「聞書第一、二」上23、現代語訳「武士道とは、死ぬことである。生か死かいずれか一つを選ぶとき、まず死をとることである。それ以上の意味はない。覚悟してただ突き進むのみである。『当てが外《はず》れて死ぬのは犬死だ』などと言うのは、上方風《かみがた》の軽薄な武士道である。生か死か二つに一つの場所では、計画どおりに行くかどうかは分からない。人間誰しも生を望む。生きる方に理屈をつける。このとき、もしも当てが外れて、生き長らえるならばその侍は腰抜けだ。その境目が難しい。また、当てが外れて死ねば犬死であり気違いざたである。しかしこれは恥にはならない。これが武士道においてもっとも大切なことだ。毎朝毎夕、心を正しては、死を思い死を決し、いつも死身《しにみ》になっているときは、武士道とわが身は一つになり、一生失敗を犯すことなく職務を遂行することができるのだ。」1973：36）

藤沢においては、これも儒教的な支配の論理によることになるのであろう。『葉隠』の位置付けについては、新渡戸によるより細かな分節が参考になる。新渡戸は「武士道の淵源」の第一のものとして仏教を位置付ける。その位置付けによって武士道はほぼ『葉隠』のような視点に基づいているように思われる。「運命に任すという平静なる感覚 a sense of calm trust in Fate、不可避に対する静かなる服従 a quiet submission to the inevitable、危険災禍に直面してのストイック的なる沈着 that stoic composure in sight of danger or calamity、生を賤《いや》しみ死を親しむ心 that disdain of life and friendliness with death、仏教 Buddhism は武士道に対してこれらを寄与した。」（新渡戸 1938=1974：32；Nitobe 1969：11）見られるように、ここでの「死」の捉え方が武士道にとって特徴的であるとされているわけである。そこでは、武士道における「死」が特別視されているように思われる。

しかし、このような捉え方は必ずしも武士道の古典において採られているわけではない。例えば、宮本武蔵は「死」という点についてのこのような捉え方を否定し、武士の特徴を「兵法」によって闘いに勝つことに求めている。「大形《おおかた》武士の思ふ心をはかるに、武士は只《ただ》死ぬといふ道を嗜《たしな》む事と覚《おぼ》ゆるほどの儀《ぎ》也。死する道においては、武士斗《ばかり》にかぎらず、出家《しゅっけ》にても、女にても、百性已下《いか》に至る迄《まで》、義理《ぎり》をしり、恥《はじ》をおもひ、死する所を思ひきる事は、其差別《しゃべつ》なきもの也。武士の兵法をおこなふ道は、何事においても人にすぐるゝ所を本《もと》とし、或《あるい》は一身の切合《きりあい》にかち、或は数人の戦《たたかい》に勝ち、主君《しゅくん》の為、我身《わがみ》の為、名をあげ身をたてんと思ふ。是《これ》、兵法の徳《とく》をもつてなり。」（『五輪書』「地の巻」1986：49。現代語訳「だいたい武士の信念を考えてみると、武士は平常からいかに立派に死ぬかというふうに思われている。死を覚悟することにおいては武士ばかりではなく、出家であっても、女であっても、百姓以下に至るまで、義理を知り、恥を思い、死ぬところを決心することは少しもかかわりがないのである。／武士が兵法をおこなう道はどんなことにおいても人に勝つということが根本であり、あるいは一人の敵との斬合いに勝ち、あるいは数人との集団の戦《たたかい》に勝ち、主君のため、わが身のため名をあげ、身を立てようと思うことである。これは兵法の功徳なのである。」1986：50）ここには、「死」をめぐって武士の「死」を特別のこととしない捉え方がある。これは『葉隠』におけるような捉え方とは異なる。後者においては、武士にとっての心構えとして特に強調しなければならない時代になったということであろう。

ただし、新渡戸において考えられているのは「禅」であり、『葉隠』的な「家職」実践とは異なるようではあるが(註17)。というのは、新渡戸の理解では「禅」Zen, the Dhyâna の方法と目的とは仏教の教義という範囲を超えて、誰であれ「絶対」の洞察者を現世から「脱俗」させることにあるからである。「その方法 method は瞑想 contemplation である。しかしてその目的 purport は、私の領解する限りにおいては、すべての現象の底に横たわる原理 a principle that underlies all phenomena、能《あた》うべくんば絶対そのもの the Absolute itself を確知し、かくして自己をばこの絶対と調和せしむる to put oneself in harmony with this Absolute にある。かくのごとく定義してみれば、この教え the teaching は一宗派の教義《ドグマ》 the dogma of a sect 以上のものであって、何人《なんぴと》にても絶対の洞察 the perception of the Absolute に達したる者は、現世の事象を脱俗して raises himself above mundane things 『新しき天と新しき地』とに覚醒する awakes "to a new Heaven and a new Earth" のである。」(新渡戸 1938=1974 : 32 ; Nitobe 1969 : 11-12) 新渡戸はそれとは語っていないけれども、ここには彼のキリスト教信仰が響きあっているように思われる。武士道の将来において平民主義の方向を新渡戸が採る限り、それは藤沢のそれと同様の方向となるであろう。

藤沢が若き日に出会ったであろう「武士道」とは、日本古来とされるものであり、日本の「国体」とともに「世界に無比なるもの」とされるものであった。「肇国《ちょうこく》の昔より厳存し、神武天皇以来二千六百年間種々なる時代を経て、訓練し鍛錬された、絶大無限の威力を有し、将来も益々《ますます》発展すべき大勢力を有し、我が万世一系の国体を守り、大御稜威《みいつ》を宇内《うだい》にかがやかしめ、此の大国民を安堵《あんど》せしむるものは、実に我が武士道である。我が国体と共に全く世界に無比なるものは此の武士道である。」(佐伯有清「編者の辞」井上 1942：12) それは、「国体」を守るべく「天皇」の命令に絶対に服従することを要求するものであった。「武士道の徳目はいろ〱あるけれども、畢竟帰著するところは清明心即ち真心、即ち誠心を以て天皇に対して忠節を全ふすることに外ならないのである。」(井上哲次郎「武士道總論」井上 1942：31) 井上は、武士道を文献上「皇道的武士道」・「儒教的武士道」・「禅的武士道」の三派に分ける (同、井上 1942：40-43)。第一のものを「純日本的のもの」として称揚した。第二のものが徳川時代に「士道」として論じられたことを述べ、第三のものに『葉隠』を数えているのだが、結局のところ儒教および仏教とりわけ禅宗の武士道への影響 (同、井上 1942：35-40) を語るのだから、第二・第三のものの独自性を取り上げるというよりは、これらを第一のものに還元している。すなわち、第一のもののみに「武士道」を見出すのである。

このような武士道観に対してこれを批判する見解が、当時和辻哲郎から提出されていた。和辻は、「武士道」とは歴史的なものであり、とりわけ江戸時代に形成されたものであるという。

「武士道は一般に武人の踏むべき道を意味するのではなく、日本に於て歴史的に形成せられた特殊な武人の道を云いあらはしてゐるのだといふことになる。［中略］日本に於ける武人の道が一貫せる特徴を持ってゐることは確かであるが、しかし武士道の概念はかゝる特徴を把捉しようとして形成されたのではない。それは江戸時代といふ一定の歴史的境位に於て、この時代特有の武士生活の中から、武士の踏むべき道として自覚されたものである。」（和辻 1941 : 3）すなわち、ここには直接的に「皇道的武士道」が挙げられてはいないけれども、この武士道観の言うところとは異なって、「武士道」とは「一般に武人の踏むべき道」、つまり同じ日本のものであるにせよ、古来のものではなくて、歴史的に限定されているとするのである。

この立場から和辻は山鹿素行におけるような「士道」が「最も高き意味に於ける人倫の道」であるとし、これを武士に対して要求するところにこの時代の武士道が成立するとする。「これを武士の道とするのは武士に対して仮借するところなく道徳的要求を課するといふことである。武士が三民の上に位して貴い身分とせらるるのは、その職分として課せられてゐるところが貴いからであって、その武力の故ではない。」（傍点は原文。和辻 1941 : 19-20）この「士道」に対して『葉隠』の武士道は「中世の武士に於けると同じく主従関係」を根柢としており、「献身の道徳の伝統」に属するという（傍点は原文。和辻 1941 : 24-25 参照）。そこから和辻は、明治時代に受け継がれた武士道をこの「士道」に見るのである。「江戸時代の武士道として幕末に吉田松陰の如き志士に代表され次いで明治時代に受けつがれて来たものは、葉隠の武士道ではなくして明かに士道としての武士道なのである。」（和辻 1941：25）

この和辻によるその捉え方への批判があったわけだが、武士道のうちに日本古来の伝統を見出す捉え方は、「皇道的武士道」に見られるばかりではない。それは、すでに新渡戸稲造の見解にも見られるものである。新渡戸は、武士道の淵源の一つとして仏教に次いで神道を挙げている。「仏教の与え得ざりしものを神道 Shintoism が豊かに供給した。神道の教義によりて刻みこまれたる主君に対する忠誠 loyalty to the sovereign、祖先に対する尊敬 reverence for ancestral memory、ならびに親に対する孝行 filial piety は、他のいかなる宗教によっても教えられなかったほどのものであって、これによって武士の傲慢《ごうまん》なる性格に服従性 passivity が賦与せられた。」（新渡戸 1938=1974：32；Nitobe 1969：12）このように、藤沢において儒教のうちに見出された主従関係が新渡戸においてはすでに神道のうちにあったとされるのである。

そのような新渡戸の武士道観は、さらに天皇理解に結びついている。「神道の自然崇拝 nature-worship は国土 the country をば我々の奥深きたましい our inmost souls に親しきものたらしめ、その祖先崇拝 ancestor-worship は系図 lineage から系図へと辿《たど》って皇室 the Imperial family をば全国民共通の遠祖 the fountain-head of the whole nation となした。

我々に取りて国土は、金鉱を採掘したり穀物を収穫したりする土地 land and soil 以上の意味を有する――それは神々、すなわち我々の祖先の霊の神聖なる棲所《すみか》 the sacred abode of the gods, the spirits of our forefathers である。また我々にとりて天皇 the Emperor は、法律国家の警察の長 the Arch Constable of a *Rechtsstaat* ではなく、文化国家の保護者《パトロン》 the Patron of a *Culturstaat* でもなく、地上において肉身をもちたもう天の代表者 the bodily representative of Heaven on earth であり、天の力と仁愛と its power and its mercy を御一身 his person に兼備したもうのである。」（新渡戸 1938=1974：33-34；Nitobe 1969：13-14）ここにも新渡戸のキリスト教信仰が響いていると思われる。

だが驚くべきことに、新渡戸は「皇道的武士道」に先駆けて神道のうちに「忠君愛国」の思想を見出している。「神道の教義 the tenets には、我が民族の感情生活 the emotional life of our race の二つの支配的特色と呼ばるべき愛国心 Patriotism および忠義 Loyalty が含まれている。［中略］この宗教 religion ――或いはこの宗教によって表現せられたる民族的感情 the race emotions と言った方が更に正確ではあるまいか？――は武士道の中に忠君愛国 loyalty to the sovereign and love of country を十二分に吹きこんだ。」（新渡戸 1938=1974：34；Nitobe 1969：14-15）「皇道的武士道」に先駆する新渡戸の立場は日清戦争へのそれに歴然としている。「最も進歩せる銃砲 the most improved guns and cannon も自ら発射せず、最も近代的なる教育制度 the most modern educational system も臆病者 a coward を勇士 a hero と成すをえない。否！　鴨緑江《おうりょくこう》において、朝鮮および満州において戦勝したるものは、我々の手を導き我々の心臓に搏《う》ちつつある guiding our hands and beating in our hearts 我らが父祖の威霊 the ghosts of our fathers である。これらの霊、我が武勇なる祖先の魂 the spirits of our warlike ancestors は死せず not dead 、見る目有る者には明らかに見える visible 。最も進んだ思想の日本人 a Japanese of the most advanced ideas にてもその皮に掻《そう》痕《こん》を付けて見れば、一人の武士 a samurai が下から現われる。」（新渡戸 1938=1974：147；Nitobe 1969：188-189）ここでの「戦勝」賛美が「忠君愛国」の名のもとにほとんど新渡戸自身の言葉として語られている。

ここに新渡戸の見ているのは、「名誉、勇気、その他すべての武徳の偉大なる遺産 the great inheritance of honour, of valour, and of all martial virtues」（新渡戸 1938=1974：147；Nitobe 1969：189）であるが、これらが「忠君愛国」を支えるものとして全くその正当性を問われることがないのである。むしろこれを護り生かすことが現在未来における課題として立てられる。「現在の命ずるところはこの遺産 heritage を護りて古来の精神 the ancient spirit の一点一画《かく》をも害《そこな》わざることであり、未来の命ずるところはその範囲を拡大して人生のすべての行動および関係 all walks and relations of life に応用するにある。」（同；ibid.）このような思想は、「皇道的武士道」に先駆けるものと言わざるを得ないのである。藤沢は新渡戸の武士道観について特に取り上げているわけではないけれども、このような思想を受け容れることはないであろう。

藤沢においては、むさくるしさを主君に戒められた助八の態度のように「庶民の模範」としての武士道、つまり「士道」もそれなりに受け止められてはいる。しかしながら、結局のところ武士道一般に対してそれが「主持ち」の思想であるというところに批判が向けられるわけである。藤沢の戦時体験がそのような批判を生んだわけだが、この体験は明治時代以降武士道の精神によって日本の国民が支配されたと言わざるを得ない体験だったであろう。

そのことを証するのは、いわゆる「軍人勅諭」であり、「戦陣訓」である。前者は、武士の主君への忠節を軍人の国家へのそれに置き換える。「一　軍人は忠節を尽すを本分とすへし／凡生を我国に稟くるもの誰かは国に報ゆるの心なかるへき況して軍人たらん者は此心の固からては物の用に立ち得へしとも思はれす軍人にして報国の心堅固ならさるは如何程技芸に熟し学術に長するも猶偶人にひとしかるべ《(ママ)》し其隊伍も整ひ節制も正くとも忠節を存せさる軍隊は事に臨みて烏合の衆に同かるへし抑国家を保護し国権を維持するは兵力に在れは兵力の消長は是国運の盛衰なる事を弁へ世論に惑はす政治に拘らす只々一途に己か本分の忠節を守り義は山岳よりも重く死は鴻毛よりも軽しと覚悟せよ其操を破りて不覚を取り汚名を受くるなかれ」(井上 1942

：2-3）また後者は、「献身奉公」のための死を賛美する「死生観」を語る。「第七《だいしち》　死生観《しせいくあん》／死《し》生《せい》を貫《つらぬ》くものは崇高《すうかう》なる献身奉公《けんしんほうこう》の精神《せいしん》なり。／生死《せいし》を超越《てうゑつ》し一意任務《いちいにんむ》の完遂《くわんすゐ》に邁進《まいしん》すべし。身心一切《しんしんいっさい》の力《ちから》を尽くし、従容《しょうよう》として悠久《いうきう》の大義《たいぎ》に生《い》くることを悦《よろこ》びとすべし。」（井上 1942：13）若き日の藤沢が「軍人」になることはなかったものの、その思想においてこのような「軍人」精神を持ったことへの悔恨が後年の藤沢にいわゆる「武士道」を無意味化するような武士の立ち居振る舞いを描かせたと言うことができよう。

(3)　三島由紀夫『葉隠入門』

このような藤沢の武士道観は、「本来の武士道」を戦時の武士道に対置する武士道観に向けられていたであろう。それは、例えば三島由紀夫の『葉隠入門』に見られるそれであったかもしれない。三島は一九二五年生まれであり、藤沢より二歳年長ということになる。つまり両者は、ほぼ同世代であると言うことができるであろう。したがって両者は、戦前戦中の「武士道」論議については、とりわけ戦争末期のそれについては、ほぼ共通の体験をしたことがあったかもしれない。しかし、戦後になっての両者の武士道観は、異なっている。とりわけ『葉隠』の武士道観については、両者はまったく対照的な見解を表明している。藤沢の見解については先に述べたが、それは三島のそれのような見解を明示的ではないにせよ、意識していたという可能性がまったくないとは言えないであろう。（藤沢が一種の武士道残酷物語である「暗殺の年輪」で直木賞を受賞して文壇に確固として登場するのは一九七三年、いわゆる三島事件の三年後である。「完全年譜」藤沢 2001：498-501 参照。）それ故、藤沢の武士道観の意味を捉える上で、三島の武士道観を示すこの書について検討することによって何らかの示唆を得ることができるであろう。

三島は、この書にそれが哲学として三大特色を持つとする。第一にそれが「行動哲学」であるとする解釈を提示する。「『葉隠』はいつも主体を重んじて、主体の作用《はたらき》として行動を置き、行動の帰結として死を置いている。あくまでおのれから発して、おのれ以上のものに没入するためのもっとも有効なる行動の基準を述べたものが『葉隠』の哲学である。」（三島 1983：34）これはおそらく先に引用した『葉隠』の武士道を「死」に見出す捉え方についての解釈であろう。この立場から三島は、『葉隠』を戦後も戦時と同じように解釈する人がいるとして、これを批判する。「戦時中、政治的に利用された点から、『葉隠』を政治的に解釈する人がまだいるけれども、『葉隠』には政治的なものはいっさいいない。武士道そのものを政治的な理念と考えれば別であるが、一定の条件下に置かれた人間の行動の精髄の根拠をどこに求めるべきかということに、『葉隠』はすべてをかけているのである。これは条件を替えれば、そのままほかの時代にも妥当するような普遍性のある教説であると同時に、また個々人が実践をとおして会得するところの、個々人の実践的努力に任せられた実践哲学であるということができる。」（三島 1983: 34-35）藤沢から見れば、三島の場合には戦時の「武士道」とは異なる「本来の武士道」とは、「行動哲学」であるところに求められていると思われたことであろう。

そうなると、主君への忠義はどうなるのかと藤沢は問うであろう。三島は、この問いに対して、『葉隠』は第二にまた「恋愛哲学」であると答える。「日本人本来の精神構造の中においては、エロースとアガペーは一直線につながっている。もし女あるいは若衆に対する愛が、純一無垢《むく》なものになるときは、それは主君に対する忠と何ら変わりはない。このようなエロースとアガペーを峻別《しゅんべつ》しないところの恋愛観念は、幕末には『恋闕《れんけつ》の情』という名で呼ばれて、天皇崇拝の感情的基盤をなした。いまや、戦前的天皇制は崩壊したが、日本人の精神構造の中にある恋愛観念は、かならずしも崩壊しているとはいえない。それは、もっとも官能的な誠実さから発したものが、自分の命を捨ててもつくすべき理想に一直線につながるという確信である。／『葉隠』の恋愛哲学はここに基礎を置き、［中略］人間の恋のもっとも真実で、もっとも激しいものが、そのまま主君に対する忠義に転化されると考えている。」（三島 1983：35-36）ここには、天皇崇拝あるいは「主君に対する忠義」の基盤が捉えられているのだが、自ら認めるように「感情的」に捉えられている。これが「政治的」とされた戦時の『葉隠』観ないし武士道観とどのように区別されるのか疑わしい(註18)。

このような捉え方は、確かに『葉隠』のうちに認められる。「奉公人は、心入れ一つにてすむことなり。分別・芸能にわたれば事むつかしく、心落ち着かぬものなり。又業にて御用に立つは下段なり。分別もなく、無芸無男にて、何の御用にも立たず、田舎の果にて一生朽ち果つる者か、我は殿の一人被官なり、御懇ろにあらうも、御情なくあらうも、御存じなさるまいも、それには曾て構はず、常住御恩の忝なき事を骨髄に徹し、涙を流して大切に存じ奉るまでなり。これは易きことなり。これがならぬ生れつきとてはあるまじ。かくの如く思ふまい事ではなし。されども斯様の志の衆は稀なるものなり。たゞ心の中ばかりの事なり。長け高き御被官なり。恋の心入れの様なる事なり。情なくつらきほど、思ひを増すなり。偶にも逢ふ時は、命も捨つる心になる、忍恋などこそよき手本なれ。一生言ひ出す事もなく、思ひ死する心入れは深き事なり。また自然偽に逢ひても、当座は一入悦び、偽の顕はるれば、猶深く思ひ入るなり。君臣の間斯くの如くなるべし。奉公の大意、これにて埒明くなり。理非の外なるものなり。」(「聞書第二、六一」上112-113)現代語訳「奉公人は殿を思う心がけ一つあればそれでよい。物事の知識や能力のことにまでおよぶと、なかなか難しい問題もでき、心配なものである。そして、何か特別な技能をもって仕えるというのは品位が下がる。とくに知識というものもなく、格別の才能も持たない不細工な男で、何のお役にも立たず、田舎の果てで、一生を朽ち果ててしまう者でも、自分は殿の唯一の家来だ、目をかけていただこうと、つれなくされようと、まったく御存じなさるまいと、そんなことはどうでもよい、ただひたすらに、御恩の深いことを骨身に徹して感じとり、涙が流れるほどにありがたく思うまでのことである。これは難しいことではなかろう。これが出来ないという性質の人もおるまい。そして、このように思ってはならぬということでもない。／しかしながら、このような志の人間というものは少ないものだ。ただ、心の持ち方だけの問題である。それができれば立派な御家来といえるのだ。たとえてみれば、恋の心づかいのようなものであろう。情けなくつらい思いをするほど、それはつのるもので、たまに逢う瀬があるときは、命を捨てても惜しくないという気持になる。人知れず思う恋こそがよい手本である。一生、口に出さないで、思いを心に秘めたまま死んで行く人の心が、もっとも深い愛なのだ。そして、たとえ偽りであっても、そのときはそれで大喜びをし、その偽りが明らかになったときには、また、いっそう深く思いを走らせるのである。君臣の間もこれと同様であろう。奉公の根本は、これで説明できるのである。理屈では考えられないことだ。」1973 : 97-98）

この捉え方は、すでに和辻哲郎によって批判されているものである。和辻は、ここには「主従の間の個人的な関係」が見られるのであって、それは「士道として説かれてゐることと殆んど関係がない」（和辻 1952 : 495）とする。それは「結局恋愛と同じやうなもの」（同）であるとする。かくて和辻は「この立場は、献身的な愛情そのものに絶対的な意義を認めるのであって、社会における士の職分とか、人倫的な道の実現とかを顧みぬのも当然だといはなくてはならない。かういふ態度は、士君子を理想とする立場からは、婦女子の情に溺れたものといはれるであらう」（和辻 1952：496）と言う。和辻は、『葉隠』的武士道のうちに「日本人の性格の一面（むしろ弱点）をかなりよく反映した言葉」（同）、「理屈嫌ひの遮二無二の考え方」（同）を見出し、これを「士道」としての武士道からは峻別するのである。

三島は、さらに第三に『葉隠』を「死と生とを楯《たて》の両面に持った生ける哲学」（三島 1983：37）であるとする。そのうちに死と生とをめぐる矛盾を捉えた哲学が見出されている。三島によれば、一方で武士道とは死ぬことであると語りつつ、他方で短い一生なのだから好きな事をして暮らすべしとも語るのは矛盾しているというわけである。「人間一生誠に纔の事なり。すいた事をして暮すべきなり。夢の間の世の中に、すかぬ事ばかりして苦を見て暮すは愚なることなり。この事は、悪しく聞いては害になる事故、若き衆などへ終に語らぬ奥の手なり。我は寝る事が好きなり。今の境界相応に、いよ〱禁足して、寝て暮すべしと思ふなり。」（「聞書第二、八五」上 120。現代語訳「人間の一生は、まことに短いものである。好きなことをして暮らしたらよい。夢の間にすぎてゆく世の中を、嫌いなことばかりして、苦しみながら送るのは愚かなことだ。しかし、このことを悪くとられては害になる話だから、年の若い連中には決してしゃべらぬ極意としておこう。自分は寝ることが好きである。いまの境涯にふさわしく、ますます家に閉じこもって、寝て暮らしたいと思っている、とのことである。」1973 : 221）

確かに両者は矛盾するようであるが、これらを貫く立場はどのように捉えられるべきであろうか。三島に従えば、この問いをたとえ「御用」に立つのに十五年かかるとしても、死の決断に至るまでのこの時間をどのように過ごすのかという問いに置き換えることによって答えが得られることになる。

この点についての山本常朝の言葉を聴こう。すべては「御用」のためにあるのだから、武士たる者ひたすらその時が来るのを待つことが求められるのである。その時までの時間はそれ自体には価値が置かれないことになる。「皆人気短故に、大事をならず、仕損ずる事あり。いつ迄もいつ迄もとさへ思へば、しかも早く成るものなり。時節がふり来るものなり。今十五年先を考へ見候へ。扨も世間違ふべし。未来記などと云ふも、あまり替りたる事あるまじ。今時御用立つ衆、十五年過ぐれば一人もなし。今の若手の衆が打って出ても、半分だけにてもあるまじ。段々下り来り、金払底すれば銀が宝となり、銀払底すれば銅が宝となるが如し。時節相応に人の器量も下り行く事なれば、一精出し候はば、丁度御用に立つなり。十五年などは夢の間なり。身養生さへして居れば、しまり本意を達し御用に立つ事なり。名人多き時代こそ、骨を折る事なり。世間一流に下り行く時代なれば、その中にて抜け出るは安き事なり。」（「聞書第二、一三

○」上140。現代語訳「誰も彼もが気短になったせいか、大事を仕損じることがある。いつまでかかってもかまわないと思っていれば、案外と早くできるものである。時の運が廻《めぐ》ってくるのだ。これから十五年先のことを思ってみるがよい。きっと世の中は変わっているだろう。しかし、『未来記』などという本をみると、そんなに変わったことはないかもしれぬ。だがいまどきお役に立っている人間は、十五年過ぎると一人もいなくなっているだろう。いまの若い衆がそれに代わって表面に出るとしても、半分も出てこないかもしれぬ。だんだんに人の品格も下がってきて、金が少なくなれば銀が一番の宝となり、銀が少なくなれば銅が一番の宝となるようなものである。時代とともに、人間の器《うつわ》も下がっていくことであるから、一つ精を出せば、十分にお役に立つこととなる。十五年ぐらいは夢の間のことである。わが身の修養を怠らなければ、いつかは念願を達し、お役に立つことができる。名人が多くいるときには、骨が折れるが、世の中がすべて下り坂になってゆく時代であるから、その中でひときわ目立つ存在になるのは難しいことではない。」(1973：221-222)かくて、その時のためには十五年の時間も待つことができるというのである。

三島は、この矛盾の把握の根底に「時というものへの蔑視」(三島1983：37)を捉えている。「時は人間を変え、人間を変節させ、堕落させ、あるいは向上させる。しかし、この人生がいつも死に直面し、一瞬一瞬にしか真実がないとすれば、時の経過というものは、重んずるに足りないのである。重んずるに足りないからこそ、その夢のような十五年間を毎日毎日これが最後と思って生きていくうちには、何ものかが蓄積されて、一瞬一瞬、一日一日の過去の蓄積が、もののご用に立つときがくるのである。」（三島 1983：37）三島からは、ここでの「もののご用」そのものについて問われることがない。すべては第二点で言明された「主君に対する忠義」に収斂していくことになるであろう。

三島による『葉隠』解釈の問題点の一つとして、『葉隠』における「死」についての理解がある。すなわち、武士道を「死ぬ事と見付けたり」とする捉え方についての理解である。三島は山本常朝のこの捉え方を「決断」に基づく死として自然死とは異なると言う。「常住死身になることによって自由を得るというのは、『葉隠』の発見した哲学であった。〔中略〕／しかし、常朝は決断としての死を言っているので、自然におそってくる死について言ったのではなかった。彼は病死の心がまえについて言ったのではなく、自発的な死についての心がまえについて言ったのだった。なぜならば、病死は自然死であり、自然の摂理であるが、自発的な死は人間の意思にかかわりのあることなのである。そして人間の自由意思の極致に、死への自由意思を置くならば、常朝は自由意思とは何かということを問うたのであった。それは、行動的な死（斬り死）と自殺（切腹）とを同列に置く日本独特の考え方であり、切腹という積極的な自殺は、西洋の自殺のように敗北ではなく、名誉を守るための自由意思の極限的なあらわれである。常朝の言っている『死』とは、このような、選択可能な行為なのであり、どんなに強いられた状況であっても、死の選択によってその束縛を突破するときは、自由の行為となるのである。」（三島 1983：39-40）これは、武士の死を特別の死として捉える理解である。それは、必ずしも一般的な捉え方とは言えない。例えば先に見た宮本武蔵の理解とは異なっている。

今回の山田作品では、死が描かれる場合、自然死が多く描かれる。もちろん自然死以外の死が描かれないわけではない。つまり三島流の死の捉え方における自由意思による死が描かれないわけではない。むしろそれがどのような場面で生じるのかが問われるのである。映画では上意討ちによる果し合いがクライマックスになっている。ただし、果し合いが描写されても、それが藩命によるという点ではその理不尽さが告発されるのであるが（該当箇所参照）。原作ではそれぞれの主人公は、むしろ自分なりの理由を持っている。彼らは、家族を養えるように仕官するために（「竹光始末」）、妻のよりよい療養の可能性を求めるために（「たそがれ清兵衛」）、親友のために揮った自分の剣技の後始末の責任をとるために（「祝い人助八」）、自ら上意討ちの討手となるのである。映画の清兵衛は、戦闘（技術）者としての誇りもさることながら、何よりも家族のために死の危険を冒して闘うわけである。

このような死の危険に向かうということも武士である故に生じるのであり、人間一般における自由意思による死とは問題となる次元が異なっている。後者の死の問題も人間一般の問題の中で捉え直されるであろう。そのためには人間一般の生と死とが取り上げられる次元が前提されるであろう。そのような次元とは、奇妙な言い方だが、例えば自然死をも人間の死として捉えるような次元であり、この次元において自由意思による死もそれなりに位置付けられることで適切な仕方で取り上げられるのである。これに対して、ここではあたかも武士がそのような死に方をすることをもって人間一般にとって特別に意義あるものとして捉えている。このような捉え方は、武士を支配者とする時代においてのみ、武士独自の死に方がそれなりの意味を持つことを不当に過大評価することを意味するであろう。それは結局のところ武士の特権的な地位を、したがって身分制度のもとでの一種の貴族主義を認めることになるであろう。

また三島の『葉隠』解釈のもう一つの問題点として、武士の外面への拘りがある。三島は言う。「戦士は敵の目から恥ずかしく思われないか、敵の目から卑しく思われないかというところに、自分の体面とモラルのすべてをかけるほかはない。[中略]このように自分の内面にひきこもった道徳でなくて、外面へあずけた道徳が『葉隠』の重要な特色をなすものである。」(三島 1983：52) 確かに『葉隠』にはそのような側面からの捉え方がある。たとえば三島が言うように、「外面的道徳を主張する当然の結果として」(三島 1983：58) 鏡に言及される。「風体の修行は、不断鏡を見て直したるがよし。十三歳の時、髪を御立てさせなされ候に付て、一年ばかり引き入り居り候。一門共兼々申し候は、『利発なる面にて候間、やがて仕損じ申すべく候。

殿様別けて御嫌ひなさるゝが、利発めき候者にて候。』と申し候に付て、この節顔付仕直し申すべしと存じ立ち、不断鏡にて仕直し、一年過ぎて出で候へば、虚労下地と皆人申し候。これが奉公の基かと存じ候。利発を面に出し候者は、諸人請け取り申さず候。ゆりすわりて、しかとしたる所のなくては、風体宜しからざるなり。うや〳〵しく、にがみありて、調子静かなるがよし。」（「聞書第一、一〇八」上63。現代語訳「姿・形や態度が立派であるように修行するには、つねに鏡を見て直すことである。常朝《つねとも》十三歳のとき、前髪を立てることを許されたので、整うまで一年ばかり家に引きこもっていた。前々から一門の人々が『この子は賢そうな顔をしているから、そのうち失敗するだろう。殿様がとくにお嫌いになるのは、賢ぶって見える者のことだ』と言っていたので、このときに自分の顔付を直してやろうと決心し、いつも鏡を見ては直して、一年過ぎて出仕したところ、人々は疲れ気味な顔をしていると言った。こうしたことが奉公の基本となるのである。賢さを顔にあらわす者は、人々から相手にされない。どっしりと重みがあって、厳然としたところがなくては、姿・形や態度はよく見えないものだ。いかにも謙虚で、苦味ばしって、立居振舞の静かなのがよい。」1973：162）ここには、山本常朝の個人的な体験に基づいた主張がある。その限りで三島の解釈には根拠があると言えよう。

　藤沢作品の「祝い人助八」で描かれる助八は、ここでの『葉隠』あるいは三島の解釈における武士とは正反対の人間像である。身だしなみというものは、或る時代の或る社会においてそれなりの仕方で求められるであろう。そこにその時代のその社会に生きる人間の美意識が示されるであろう。原作の助八にせよ、映画の清兵衛にせよ、それなりに反省するところから見ると、この美意識をまったく持っていないというわけではない。しかし、助八は性格的に身だしなみを整えるのが苦手で、きちんとするのは難しそうであるし、映画の清兵衛はあまりの忙しさの故に知らず知らず薄汚くなってしまったのである。

問題は、このような側面をどのように評価し、人間一般の在り方へと結び付けるのか、という点にある。原作の藤沢作品の登場人物は、助八ほどではないにせよ、助八とほぼ似たような者ではある。「竹光始末」の小黒丹十郎はつぎはぎだらけの洗いざらしの着物を着ており、頬がこけ無精髭までのびたいかにも貧相な（竹10参照）風体をしているし、「たそがれ清兵衛」の清兵衛も（映画の清兵衛と同じく）ひげもさかやきものび加減で衣服も少々垢じみているような（清24参照）姿をしている。これらも必ずしも「庶民の模範」に反するということを自覚してそのようにしているというわけでもないであろう。彼らは、彼らなりに時代の美意識を受け容れてはいるに違いない。ただ、それぞれの事情からそうなってしまったのであろう。彼らも、建前として主君から「庶民の模範」たれとたしなめられた助八の人間像とそれほど遠いところにいるわけではない。しかし、ここで注目されるべきことは、ここに描かれた彼らの人間像は無自覚のうちに或る態度を形象化しているということである。すなわち、彼らの姿は、三島由紀夫流の外面武士道に対してこれをユーモアによって無意味化しているのである。

藤沢にとっては、まさにこのような外面武士道にこそ「主持ち」の思想の問題点があるわけである。藤沢ならば、おそらくここに「真の個の解放」を妨げる根拠を見出すのではないだろうか。確かに「武士道」理解そのものについて言えば、儒教的な「武士道」としての「士道」から『葉隠』的武士道が生じたと理解しているという点は、両者の区別をめぐって十分とは言えないであろう。しかし、和辻の理解するように両者を区別したとしても、若き日の藤沢が出会った武士道とは明治以降に伝えられたと和辻が言う「士道」ではなくて、まさに「献身の道徳の伝統」を示すはずの『葉隠』的武士道の延長と見られる「皇道的武士道」だったのである(註19)。また三島によって捉えられた『葉隠』もまた、それが「政治的」ではないにしても、「皇道的武士道」と変わるところのないものとして捉えられている。藤沢にとっては、二つの武士道理解が結局のところ「主持ち」の思想である武士道への批判を欠いているということが問われるであろう。

武士道が「主持ち」の思想であるということは、それがタテの視点から例えば身分制度によって社会を構築する立場に立つ思想であるということである。それは、先に述べたように、貴族主義の立場に立つ思想であると言わざるを得ない。その点は新渡戸の言うところから読み取れるであろう。これに対して、藤沢はヨコの視点からの市民相互の関係を軸に社会を構築する立場に立っている。つまり、平民主義である。日本の文化的伝統のもとでそのような立場を求めるとするならば、武士道に求めることはできない(註20)。

(4) 王陽明の「知行合一」

新渡戸稲造によって武士道の淵源の一つとされた儒教の中で、とりわけ王陽明の「知行合一」が武士道の核心として捉えられている。「武士道は［中略］、知識 knowledge はそれ自体を目的 an end として求むべきではなく、叡智獲得の手段 a means to the attainment of wisdom として求むべきであるとなした。それ故に、この目的にまで到達せざる者は、注文に応じて詩歌名句を吐きだす便利な機械 a convenient machine に過ぎざるものとみなされた。かくして知識は人生における実践躬行《きゅうこう》と同一視 identical with its practical application in life せられ、しかしてこのソクラテス的教義 Socratic doctrine は中国の哲学者王陽明 Wan Yang Ming において最大の説明者を見いだした。彼は知行合一《ちこうごういつ》“To know and to act are one and the same.”を繰り返して倦《う》むところを知らなかったのである。」(新渡戸 1938=1974 : 36 ; Nitobe 1969 : 17-18) 映画の清兵衛が娘萱野に語る「学問」観には、単に知識を求めるのではなく、「考える」ことによって自分を豊かにするということを目的とするという点で、「叡智獲得」を目指すここでの武士道観に近いものがあるように思われる。

問題は、新渡戸によっても消えて行くとされている武士道の中で何が残るのか、という点である。王陽明の「良知」の思想が庶民意識とも結合しうるされるとき、庶民の中にもその思想は伝えられるはずである。この点で『伝習録』における次の問答は興味深い。「一日王汝止出遊して帰る。先生問うて曰く、『遊びて何を見たる』。対へて曰く、『満街の人都《すべ》てこれ聖人なるを見たり』。先生曰く、『儞は満街の人これ聖人なるを看たるも、満街の人は到《かえ》つて儞のこれ聖人なるを看［在］たるならん』。」（『伝習録』下　一一三、1983：349-350。現代語訳「或る日、王汝止が出遊《しゅつゆう》して帰った折のこと。／先生がいう。『散遊の途次、何を見たかね』／答えていう、『行きかう人、すべてが聖人であるのを、見ました』／先生がいう、『きみは、行きかう人すべてが聖人であると見てとったが、行きかった人も、きみが聖人であるぐらいのことは見てとっていたよ』」1974：559）(註21)　しかし、武士道はもともと一種の貴族主義であるとするならば、それが庶民に伝えられるとき、別のものとならざるを得ないであろう。映画の清兵衛は、武士道という点については、その真面目な生き方からして、外面的な武士道ではなく、陽明学的な武士道を生きたと言いうるかもしれない。伯父の藤左衛門に反省の弁を述べたごとく、むさくるしさについては反省しているところにそのような立ち居振る舞いに見ることができるであろう。

新渡戸は武士道が消え行くべき運命のうちにあると述べ、その「戦いの本能」の後に来るものを「愛」のうちに見る。ここには新渡戸流の一種の人間学が示されている。「悲しいかな武士の徳 Alas for knightly virtues！ 悲しいかな武士《さむらい》の誇り alas for samurai pride！ 鉦《かね》太鼓の響きをもって世に迎え入れられし道徳 morality は、『将軍たち王たちの去る』“the captains and the kings depart” とともに消え行かんとする運命にある。／［中略］武徳の上に建てられたる国家 the state built on martial virtues は［中略］地上において on earth『恒に保つべき都』a “continuing city” たるをえない。人の中にある戦いの本能 the fighting instinct in man は普遍的かつ自然的 universal and natural であり、また高尚なる感情や男らしき徳性 noble sentiments and manly virtues を生むものであるとはいえ、それは人の全体 the whole man を尽すものではない。戦いの本能の下に、より神聖なる本能 a diviner instinct が潜《ひそ》んでいる。すなわち愛 love である。」（新渡戸 1938=1974：145-146；Nitobe 1969：185-186）この人間学的理解をもって歴史を捉えるとするのは、歴史理解としてはやや単純なものと言わざるを得ないのではあるが、それはおそらくその背後にキリスト教信仰を持つが故であろう。

陽明学のうちにキリスト教に近いものを見出すのは、この時代共通の観念であったようである。例えば、内村鑑三が『代表的日本人』の中で最初に挙げた西郷隆盛の精神を導いた陽明学にキリスト教に近いものを見出している。「若いころから王陽明の書物には興味をひかれました。陽明学は、中国思想のなかでは、同じアジアに起源を有するもっとも聖なる宗教と、きわめて似たところがあります。それは、崇高な良心を教え、恵み深くありながら、きびしい『天』の法を説く点です。わが主人公の、のちに書かれた文章には、その影響がいちじるしく反映しています。西郷の文章にみられるキリスト教的な感情は、すべて、その偉大な中国人の抱いていた、単純な思想の証明であります。あわせて、それをことごとく摂取して、あの実践的な性格を作りあげた西郷の偉大さをも、物語っているのであります。」（内村 1995：18）

ただし、内村の場合、西郷の思想に見られるナショナリズムの立場と陽明学の思想との関係を見る点では、近代日本の現実に即しているとも言えようが、新渡戸が陽明学のうちに「愛」を見るのとは異なっているようである。「西郷の一生をつらぬき、二つの顕著な思想がみられます。すなわち、(一) 統一国家と、(二) 東アジアの征服は、いったいどこから得られたものでしょうか。もし陽明学の思想を論理的にたどるならば、そのような結論に至るのも不可能ではありません。旧政府により、体制維持のために特別に保護された朱子学とは異なり、陽明学は進歩的で前向きで可能性に富んだ教えでありました。」（内村 1995：19）

だが、東アジアの征服、とりわけ朝鮮問題における西郷の態度に陽明学の思想の影響を見ることができるのであろうか。内村の理解はあまりにも時代に制約されていると言わざるを得ない。「ただ征服だけを目的として戦争を起こすことは、西郷の良心に反しました。東アジアの征服という西郷の目的は、当時の世界情勢をみて必然的に生じたものでした。日本がヨーロッパの『列強』に対抗するためには、所有する領土を相当に拡張し、国民の精神をたかめるに足る侵略策が必要とみたのでした。それに加えて、西郷には自国が東アジアの指導者であるという一大使命感が、ともかくあったと思われます。弱き者をたたく心づもりはさらさらなく、彼らを強き者に抗させ、おごれる者をたたきのめすことに、西郷は精魂を傾け尽くしました。その理想とする英雄はジョージ・ワシントンであるといわれ、ナポレオン一派を強く忌み嫌っていた態度よりみて、西郷が決して低い野望のとりこでなかったことがよくわかります。」（内村 1995：28-29）内村の擁護にもかかわらず、西郷の態度は彼自身の「敬天愛人」の思想に反していたのではないだろうか。「道は天地自然の物にして、人は之を行ふものなれば、天を敬するを目的とす。天は人も我も同一に愛し給ふゆゑ、我を愛する心を以て人を愛する也。」（「遺訓」二四、西郷 1938：13）

西郷は、新渡戸によっても、「典型的なる一人の武士 a typical samurai」と看做され、「文学の物識《ものしり》 a literary savant をば書物の虫《むし》 a book-smelling sot と呼んだ」（新渡戸 1938=1974：35；Nitobe 1969：17）というように、その言葉が引用されている。明治二年、西郷は郷土の青年五人を京都の陽明学者春日潜庵のもとに遊学させた際、この言葉を青年の一人に告げて、次のように言ったという。「貴様《きさま》等は書物の虫《むし》に成つてはならぬぞ。春日《かすが》は至つて直《ちよく》な人で、従つて平生も厳《げん》な人である。貴様等修行に丁度《ちやうど》宜しい。」（「遺教」、西郷 1938：73）つまり、新渡戸によって「書物の虫」を嫌う西郷の陽明学的態度が「典型的な」武士の態度とされているわけである。

映画の清兵衛もあるいは言葉の上ではこの西郷の思想を受け容れたかもしれない。しかし、それはあくまで自然に寄り添いつつ、武士の消滅を見通した上でのことである。内村の言う西郷のナショナリズムの志向を見る限り、この志向は清兵衛の生き方とは異なっていたであろう。物語の上でのことであるとはいえ、清兵衛も現実の西郷と同じように叛徒として死んだのだが、両者の向かっていた方向は正反対であったように思われる。西郷が近代日本のナショナリズム確立（註22）という目的実現の途上での一つの生き方を示したのに対して、清兵衛はこのような目的を持った近代日本の方向を全体として批判するようなもう一つの別の方向を示したのではないだろうか。

かくて新渡戸の『武士道』においては、このような陽明学を含めて武士道の淵源として取り上げられたものがキリスト教信仰のうちに総括される。「神道、孟子、および王陽明の明白にこれ［愛—引用者］を教えたるは、吾人のすでに見たるところである。しかるに武士道その他すべて武的形態の倫理 all other militant types of ethics は、疑いもなく直接の実際的必要ある諸問題に没頭するあまり、往々右の事実に対し正当なる重さを置くを忘れた。今日吾人の注意を要求しつつあるものは、武人の使命 a worrior's claim よりもさらに高くさらに広き使命 callings である。拡大せられたる人生観 an enlarged view of life 、平民主義の発達 the growth of democracy 、他国民他国家に関する知識の増進 better knowledge of other peoples and nations と共に、孔子の仁の思想 the Confucian idea of benevolence ——仏教の慈悲思想 the Buddhist idea of pity もまたこれに付加すべきか——はキリスト教の愛の観念 the Christian conception of love へと拡大せられるであろう。人 men は臣民 subjects 以上のものとなり、公民の地位 the estate of citizens にまで発達した。否、彼らは公民以上である——人である being men 。戦雲 war clouds 暗く我が水平線 our horizon 上を蔽《おお》うといえども、吾人は平和の天使の翼 the wings of the angel of peace が能《よ》くこれを払うことを信ずる。世界の歴史 the history of the world は『柔和なる者は地を嗣がん』との預言 the prophecy that "the meek shall inherit the earth." を確証する。」（新渡戸 1938=1974：145；Nitobe 1969：186）ここに「武士道」の特定の在り方が「愛」に正当な重さを置くことを忘れたとして批判されるのであるが、そのことがそもそも武士道というものの本質に関わるものではないのかどうかという点は吟味されないままである。結局陽明学的方向が「愛」の方向にあるとしても、武士道が身分制度を前提する限りでは、陽明学的「(武) 士道」もまた「愛」の方向からの逸脱は避けられないであろう。つまり、陽明学と武士道とは両立することはできないであろう。

そもそも何らかのものを武士道の淵源に見るのかどうかという点については、武士道の古典における自己認識においては、必ずしも新渡戸を言う通りではない。というのは、一方では、何かとの関係、例えば仏教との関係を認める捉え方があるのに対して、他方ではこれに対してむしろ武士道の独創性を主張するものがあると思われるからである。

前者は、『兵法家伝書』に見られる。「兵法《へいほう》の、仏法《ぶっぽう》にかなひ、禅《ぜん》に通ずる事多し。中に殊《こと》更著《さらぢゃく》をきらひ、物ごとにとゞまる事をきらふ。尤《もっと》も是親切《これしんせつ》［訳注「深切に同じ。深く切実なこと。痛切。」］の所也。とゞまらぬ所を簡要《かんよう》とする也。」（「活人剣　下」1985：111）後者は、『五輪書』に見られる。「兵法の利にまかせて、諸芸《しょげい》・諸能《しょのう》の道となせば、万事において、我に師匠《ししょう》なし。」（「地の巻」1986：41。現代語訳「自分は兵法の道で得たものにしたがってもろもろの芸道の道としているのであるから、あらゆることについて自分には師はない。」1986：42）この書物を書く際にも何らかのものに依拠してはいないとする。「今此書《このしょ》を作るといへども、仏《ぶっ》法《ぽう》・儒道《じゅどう》の古語をもからず、軍記・軍法の古きことをももちひず」（同。現代語訳「今、この『五輪書』を書くにあたっても、仏法、儒教、道教の言葉を借りず、軍記や軍法の故事を用いず」同）というわけである。『葉隠』も同じような心構えを説く。「物が二つになるが悪しきなり。

武士道一つにて、他に求むることあるべからず。道の字は同じき事なり。然るに、儒道仏道を聞きて武士道などと云ふは、道に叶はぬところなり。かくの如く心得て諸道を聞きては、いよ〳〵道に叶ふべし。」（「聞書　第一、一四〇」1940 : 72。現代語訳「考えることが分かれるのはよろしくない。武士道のみを考えて、他のことを求めてはならない。道の字はすべてに通じるのだ。それを、儒道・仏道などと求めて、別に武士道があるように思うのは、道を間違えていることである。このように悟ったうえで諸道を学ぶならば、さらにいっそう、道にかなうようになるものだ。」1973 : 51）

　このように、武士道の淵源の有無については古典の自己認識が分かれている。しかし、武士道が何らかのものを淵源とするにせよ、独自のものであるにせよ、現代のわれわれが言いうることは結局のところそれが滅び行くものであったということである。その消滅について新渡戸がその著書の最後で「武士道の将来」The Future of Bushido をめぐって愛惜をもって語る美しい言葉を聴こう。「武士道は一の独立せる倫理の掟《おきて》 an independent code of ethics としては消ゆる vanish かもしれない、しかしその力 its power は地上より滅びない not perish from the earth であろう。その武勇および文徳の教訓は体系としては its schools of martial prowess or civic honour 毀《こわ》れる be demolished かも知れない。しかしその光明その栄光 its light and its glory は、これらの廃址 ruins を越えて長く活くる survive であろう。その象《シン》徴《ボル》とする花 its symbolic flower のごとく、四方の風 the four winds に散りたる後もなおその香気 the perfume をもって人生を豊富にし enrich life 、人類を祝福する bless mankind であろう。百世の後その習慣 its customaries が葬られ buried 、その名さえ its very name 忘らるる forgotten 日到るとも、その香 its odours は、『路辺に立ちて眺めやれば』"the way-side gaze beyond" 遠き彼方の見えざる丘から風に漂うて来る come floating in the air であろう。——この時かのクエイカー詩人の美しき言葉に歌えるごとく、／いずこよりか知らねど近き香気に、／感謝の心を旅人は抱《いだ》き、／歩みを停め、帽を脱《と》りて／空よりの祝福を受ける。"The traveller owns the grateful sense/ Of sweetness near, he knows not whence,/ And, pausing, takes with forehead bare/ The benediction of the air." [訳注：フリーマン『ノーマン征服』第五巻四八二ページ]」（新渡戸 1938=1974：149-150；Nitobe 1969：192-193）新渡戸のこの美しい言葉にもかかわらず、これとはまったく正反対に、武士道は「皇道的武士道」として現われたのであったが。

　では、ここに新渡戸によって示されたことは藤沢・山田の作品世界とどのように関わるのだろうか。結局歴史における武士道の消滅という点で新渡戸の示す方向は、今回の山田作品の示す方向と同じになる。もちろん山田作品においてはむしろ武士から武士以外の農民や町人へという方向が示される。この点は、藤沢の作品世界が示す方向である。実際藤沢作品では登場人物としての武士が町人になるという方向が示唆されている（例えば「暗殺の年輪」、「雪明かり」など。藤沢 1978, 1982a 参照。なおこの点に関連して註26参照）。原作「たそがれ清兵衛」や「祝い人助八」はそのユーモアで身分制度を無意味化することによって、歴史における武士道の消滅というよりは、武士道が前提される時代の只中において武士道を超越していく方向を採る。（このことは、歴史的人物としての剣客の描写にもあてはまる。藤沢作品に登場する場合には、彼らの残した著作とは大分雰囲気が異なる。宮本武蔵・柳生宗矩についての藤沢の描写は、兵法者としての暗さや政治的野心を抱えた描写となっている点で両者の著作からは窺がえない側面を提示しているのである。その描写には映画の原作のような軽妙さは感じられないけれども、共通なことは藤沢によって剣客も相対化されてしまうということである。藤沢 1988 参照。なお山田は晩年の宮本武蔵を描きたいと専門家の話を聞くべく生前の藤沢に一度会っており、その際藤沢は山田にその企画の実現をすすめ、『決闘の辻』を贈ったという。「インタビュー山田洋次」『別冊宝島　藤沢周平』6-7/2-7）

ここには新渡戸の美しい言葉に反する「皇道的武士道」という事態を克服し、さらにそのような事態を生み出す武士道そのものを乗り越える方向が示されているであろう。藤沢は戦時体験を根底に置きつつその時代小説において、また山田はそれを原作とする映画において武士道的人間像を超える人間像を描いた。それは、確かに「むかし」の人間像であり、「いま」は忘れられてしまっているかもしれない。しかし、そこには「いま」もなお生き続ける人間像がある。われわれは、藤沢作品と山田作品とに触れることによって、そのことを感じ取っている。つまり、われわれは、両作品世界の重なり合いのうちに「これから」の人間像の基盤となるものを見ることができるのではないだろうか。本書の結びとしてこの点について考察したい。

V　現代日本の文化における藤沢・山田の作品世界の重なり合いの意味

1　近代日本によって忘れられた時代の人間「たそがれ清兵衛」

藤沢作品を原作とした上で幕末を描くということは、対象に一つの限定を加えることになるだろう。限定された対象としての幕末は、近代の日本に対置されたものとしての前近代の日本である。この幕末を対象として、これら両者が端的に対置されるような描き方が求められるであろう。そこで描かれるのは、近代によって忘れられた時代としての前近代であり、そのような時代に生きた人間である。その近代によって忘れられた時代の人間として選ばれた者が、藤沢作品の主人公、東北の小藩海坂藩の平侍、「たそがれ清兵衛」なのである。

このことをめぐって、この映画をどういう風に観てほしいと思っているかという問いに対する山田の言葉を聴こう。「まずは時代劇を楽しんで観てもらいたいと思います。そして清兵衛の生き方を通してほんの少し前の僕たちの祖先はこんな辛い環境の中で暮らしながらもどこか凛としていたんだなってことを知り、今の日本人は本当に幸せなのかなと自問自答しながら家路につく。そんな映画であって欲しいですね。」（パンフレット 11）ここにはこの映画の観客への山田の期待が語られている。まず現在の生活を離れてエンターテインメントとして楽しむこと、その中で描かれたことからほんの少し前に生きた人間の生き方を知ること、その人間像のうちに現代日本人自身の幸せについて考える手がかりを見出しながら、再び現在の生活に戻るということである。ここに、現代日本の文化に対する山田の問題提起を見ることもできよう(註23)。

この問題提起をめぐってこの映画がどの時点に立っているのかが重要となる。というのは、この映画の取り上げる時代は実は二重になっているからである。すなわち、一つは物語の通り、幕末である。しかし、さらにもう一つ、娘以登の生きる時代がある。(さらに言えば、これらの時代の物語を観ている現代のわれわれが生きる時代がある。後述参照)後者の時代は一九二五年ごろとなる。このことによって幕末から明治以降の日本が個人の人生に重ね合わされる。つまり一人の女性が自分の子ども時代を、とりわけ父親を自分自身の晩年になって回想するのだが、この回想がそのまま幕末の時代を明治以降の時代から振り返るという枠組みになっているのである。ここには、近代以前の日本人の生き方が自分の父親の生き方を通して想起されている。映画の終わりで娘以登のナレーションは、決闘から生還した後の清兵衛とその家族について語る。「やがて朋江さんは私たちの母親になって下さいました。父は仕合せでした。」(シナリオ57)朋江と一緒になることのできた清兵衛の「仕合せ」、そして家族の「仕合せ」とにおそらく観衆はほっとするだろう。藤沢がこの部分を描くとするならば、そこにまた淡々とした日常生活が始まることが描かれ、そのことにこそ人間の変わらぬ姿があることが示されるであろう。それで物語が終わってもよい。時代小説としてのゆったりとした雰囲気が読者に残されるのである。

原作「たそがれ清兵衛」では清兵衛が妻の回復を少しずつ確かなものにする描写で物語が終わっている。政変後、家老が約束通り、良い医者をさしむけてきて、ほかの望みを訊かれたが、「清兵衛は固辞して、妻女の養生についての援助だけを受けることにしたのである。実際に、ほかにはさほど、望むものはなかった。」(清 41)非番の日、妻を見舞おうとして出かけてきたときに、前権力者派の刺客に襲われて、これに勝ち、とどけ出なければならないと一度は思ったが、清兵衛は別の考えを採る。「とどけ出れば、そのまま役所にひきとめられ、訊問《じんもん》をうけて、非番はお流れになるだろう。」(清 42)他の者に役所ではなく現権力者にとどけ出させることにして、自分は妻のもとへ向う。清兵衛の悠揚迫らぬ態度はここでも健在である。

「村はずれの松の木の下に、女が一人立っている。じっとこちらを見たまま動かない、その白っぽい立ち姿が、妻女の奈美だとわかるまで、さほどにひまはかからなかった。

『ひとりで歩けたのか?』

『はい、そろそろと……』

妻女は明るい笑顔を見せた。その顔に艶《つや》がもどっている。では、行くかと言って、清兵衛は妻女の足に合わせ、そろそろと湯宿にもどる道をたどった。

『しかし、ここにいるのも、雪が降るまでじゃな』

『はい、家が恋しゅうござります。それに、少し……』

『何じゃ?』

『はい。もったいないことですが、少し美食に飽きました』

『それなら家にもどるしかないの。おのぞみの粗食をつくってやるぞ』

清兵衛は面白くもない顔で、冗談を言った。

『また、雪が消えたら、来ればいいだろう。辻という医者どのに相談してみよう』

『おまえさま、雪が降るまでには、すっかり元気になるかも知れませんよ。はやく、ご飯の支度をしてさし上げたい』

『無理することはない。じっくりと様子をみることだ』

と清兵衛は言った。道が濡れてぬかるんでいるところがあったので、清兵衛は妻女の手をとって、その場所を渡した。小春日和《びより》の青白い光が、山麓《さんろく》の村に降りそそいでいる。」

(清 43-44)

このような夫婦の何気ない、しかししみじみとした会話が続く。そこには妻が療養中であるとはいえ、療養の可能性にも明るい希望がある。清兵衛には妻への労わりがあり、妻には夫への感謝の心がある。二人には、自然に包まれつつ、お互いを支えあう平和な日常生活が戻ってきたようである。この日常生活のためにこそ、斬り合いの修羅場があったわけである。ここには人間にとって何が本当に大切なものなのかについての藤沢の思いが表現されているであろう。それは、ほのぼのとした人間と自然との関係をめぐって描写されている。この描写は、あれこれの時代の変化を超えているものであろう。藤沢は、これを歴史小説に近付くという仕方を採ることなく、あくまで時代小説の枠に止まることによって描いているわけである。もしこの描写を映画の中で具体化したとするならば、おそらく二人に再び戻ってきた静かな日常生活が描写されて、そのような描写をもって映画は終わることになるであろう。しかし、この部分は残念ながら、今回の映画の物語には含まれていない。

映画は、原作とは違ってその後の物語を示唆する。「でも、我が家の平和な暮しが続いたのは三年足らずでした」（シナリオ 57）。山田は、むしろそこにリアリティーを見出すのであろう。つまり、清兵衛とその家族とには明治維新という時代の現実が襲うのである。「明治維新とともに戊辰戦争が起こり、佐幕派であった海坂藩は、賊軍として圧倒的な戦力の官軍と戦うことになったのです。父はその戦いの中で、鉄砲に撃たれて死にました」（同）。ここには近代日本がどのようにして成立したかが剣の達人であった清兵衛と鉄砲との対比のうちに語られている。そして彼の家族の「仕合せ」を打ち壊すものとしての近代日本が登場するわけである。小さな物語が大きな物語に結び付けられ、呑み込まれてしまうかのようである。

だが重要なことは、そのような歴史の中でも人間は生き続け、前の世代の人間は後の世代の人間の記憶の中に生きているということである。清兵衛の生き方とその思いとは、娘にしっかりと受け止められ、受け継がれているのである。「維新の後、朋江さんは私たち義理の娘を連れて東京に出て、働きながら私たち二人を嫁がせてくれました。今は、この墓の下で父といっしょに眠っております。明治の御代になって、かつて父の同僚や上司であった人たちの中には、出世して偉いお役人になった方がたくさんいて、そんな人たちが父のことを、『たそがれ清兵衛は不運な男だった』とおっしゃるのをよく聞きましたが、私はそんなふうには思いません。父は出世などを望むような人ではなく、自分のことを不運だなどとは思っていなかったはずです。私たち娘を愛し、美しい朋江さんに愛され、充足した思いで短い人生を過ごしたにちがいありません。そんな父のことを、私は誇りに思っております――」(同)。語っている娘が生きた時代と回想という形で彼女が語る時代とが二重になっており、映画の奥行きを深くしている。この言葉を娘が語るということによって、映画の描く時代が娘の仲立ちによって一世代だけ現代に近くなり、われわれにはより身近に感じられるわけである。

2 歴史を越えて生き続ける人間の在り方

では、そのようにしてわれわれに投げかけられるものは何だろうか。それは、歴史を越えて続いている人間の一つの在り方ではないだろうか。ここには、近代日本において消えてしまったかとも思われる幸福（「仕合せ」）についての一つの捉え方が表明されている。それは、近代人の眼から見れば、「不運」と思われるかもしれない清兵衛が決して自分の生涯についてそのようには捉えず、十分に自分の生き方を貫いたということである。そのことを娘に理解されていたというのは、清兵衛自身が知ることはできなかったにせよ、彼の人生が報われたということであろう。清兵衛は娘以登の心のうちに生きていると言えよう。彼の人生は決して無意味ではなく、後の世代の心の中に生き、この世代に人生の意味を伝えるという仕方で娘自身にその人生の意味を与えているのである。

また朋江がおそらく清兵衛の思いを受け止め、悲しみの中にも娘たちを育てるために明治という時代を生き抜いたであろうことがさりげなく語られている。朋江がどのように働いて、二人の娘を育てたのかは語られてはいない。それは、例えば山川菊栄が伝えるようであったかもしれない。維新後、上級武士が没落したのに対して、下級武士の階級が政治に、産業に、教育に指導的な役割を演じたという。元々上級武士の階級に属していただけに教養もあり、清兵衛との結婚によって下級武士の階級の苦労も積んだであろう朋江もおそらく、そのような一人だったのではないだろうか。「今日から見ればいうに足りない程度のものにもせよ、ともかくも女たちが家庭で得た多少の教養や技術は、この大きな変革期の荒波を漕ぎぬけて、自分を救い、家族を救う上にも役立てば、新しい時代を育てる教育者の任務を果す上にも、大きな力となったのでありました。日本の教育界に大きな貢献をした明治初期の女教員のほとんど全部が、田舎の貧乏士族の娘たちだったこと、また最初の紡績女工の仕事を進んで引き受けた義勇労働者もそれらの娘たちであったことは、よくその事実を証明しております。」(山川 1983：184)

母親の加代については触れられてはいないが、彼女を温かく介護する家族一人一人におそらく「あなた様はどちら様でがんしょか」と訊きながら、この家族に囲まれて安らかに生涯を終えたことであろう。ここにこの映画の物語なりの幸福論が一つのメッセージとして提出されていると言えよう。

このことによって同時に原作および映画は、ともに人間の生き方についての一つの美意識を示している。それは、人間の外面における美として現われるものではある。その限りで原作の助八や映画の清兵衛のむさくるしさは、確かに美しいとは言えない。それは、少なくともその当時の人々の美意識に反するものであるとも見られるかもしれない。しかし、その外面をこれらの人物の立ち居振る舞いにまで広げて考えるならば、彼らのユーモラスで清々しい生き方はまた美的に捉えられるであろう。つつましくかつしなやかな生き方を貫くその人間像は「いま」見失われている美しい人間像ではないだろうか。

まず彼らは、極めて自然に近いところで生きている。彼らは、自然に寄り添いつつ、その自然の自然に包まれながら生きている。清兵衛が娘たちの成長を野菜や花の成長に喩えているのは、その発想そのものがなかなかよい一例である。映画の描く庄内の自然に見られる山・川・野などの風景は、非常に美しい。藤沢の作品世界にも風景の描写などに現われてはいるけれども、小説の中での描写という形では、読者にイマジネーションを膨らませるのはむずかしいことかもしれない。この点では、やはり映像によって季節の移り変わりなどこの風景の空気とも言うべきものが映し出されたことによって、観客は自然をより身近に感じることができるようになった。このことによって、歴史を超えて、あるいは時代の変化を越えて人間にとって変わらないものは何かということが観客に感じられるようになったのである。これは、映画ならではの美であろう。この映画の撮影には、美的な視点から見て、自然の風景に加え、ロケーションによる城や神社などの映像とともに精巧なセットや小道具などが大きな役割を果たしていることであろう。

また妻の長患いと葬式とに金がかかっており、また藩からの借り上げのせいで生活が厳しいとはいえ、平侍の家族のつつましやかな日常生活が描かれている。内職し、主人公自ら裏の畑で耕作するなど自給自足に近い生活である。これらの描写は、小説ではなかなか描くことが難しいことであろう。

そして彼らの立ち居振る舞いも、美しい。日常生活の場面でも清兵衛はなかなか折り目正しい人物として描かれている。しかし、さらに決闘シーンではその身体の動きの美しさが際立っている。彼は戦闘者ではあるが、単なる剣術使いではない。彼の身のこなしは、戦闘であることを離れても、（戦闘）技術に裏付けられた美しさを持っている（そのような山田の演出によるのであろうが、その演出の要求に応えた主人公役の真田広之の鍛えた身体の動きは力強く美しい。果し合いの相手役の田中泯が舞踏家であることも重要な意味があろう）。同じく朋江も良家育ちの若い女性としてきびきびとした姿で魅力的に描かれている（これも山田の演出の要求に宮沢りえがよく応えた結果であろう）。彼らはボケてしまった母親を優しく看取り、娘たちをのびのびと育てたに違いないと確信させられる。また海坂の祭のシーンに登場する面白おかしく舞う獅子舞（湯田川神楽）と闊達にやりとりしながら見物する庄内の百姓たちが祭を楽しんでいる姿には、時代の制約からの解放感が感じられ、しっかりとした存在感がある（藤沢が中学校教師時代に勤務していた中学校のある地元（山形県鶴岡市湯田川）の人々がエキストラで出演していようである。当時もそうであったのではないかと思わせる自然な演技で庄内の祭の雰囲気を再現している。ＤＶＤ付録、特典ディスク参照）。

主人公たちをふくめた登場人物たちは、その立ち居振る舞いにおいて、彼らの時代、そして彼らの社会の中で一定のリズム（井上陽水作詞作曲による主題歌として井上自身によって歌われるような「決められたリズム」）で静かに時を刻みながら生きている。幕末という時代の中でも後の時代を先取りした人間が育っていることが示されているのである。

3　生と死とをめぐる人間のドラマ

歴史を越えて（あるいは超えて）生き続ける人間を描くという点では映画と原作とでは共通しているのだが、これをどのように描くかという点で、両作品の相違が示されている。

まず原作と映画との相違点として、時代設定の相違という点がある。一般に時代小説では必ずしも明確な時代設定がなされなければならないということはない。漠然と江戸時代というような時代設定がなされる場合もある。藤沢周平作品においても同様である。この点について言えば、原作で比較的時代背景が明確なのは、江戸時代初期を取り上げている「竹光始末」のみである。他では漠然と時代は江戸時代ということが示されるだけである。これに対して映画では幕末に時代が移されている（註24）。いわば歴史小説に近付ける仕方で物語が構成されている。このことを際立たせているのは、映画全体が娘以登の回想という一つの枠組みのうちに置かれているということである。娘が父親と過ごした日々について明治時代以降に回想しているのである。つまり、明治維新後の近代日本に生きる娘が幕末に戦死してしまった父親について鎮魂の思いを述べるわけである。シナリオのまえがきに脚本家の思いが述べられている。「この作品の主人公井口清兵衛は、海坂から秋田藩に出撃して、官軍の銃弾に当って戦死した。従って白虎隊を含む会津藩の戦死者たちと同じように九段の招魂社、後の靖国神社には祀られていない、ということになる。」（シナリオ25）ここには、史実に寄り添いながら、しかし、これまで捉えられてきた限りでの近代日本を前提する従来の視点とは異なり、この近代日本を東北の小藩である海坂藩から見据えるという視点、その限りで歴史を越えて生き続ける人間という視点があると言えよう。

次に、両作品の相違は、史実としての歴史をどのように描くかという点における相違である。原作においても藩内の権力抗争は登場するけれども、幕末における公武合体か佐幕かという対立では必ずしもない。原作のうちで上意討ちが権力抗争に結び付けられているのは「たそがれ清兵衛」のみである。映画では権力抗争は幕末の政治情勢に関わっているのに対して、原作では主として藩内の事情に関わるものとされている。それは、飢饉によって餓死者を出すおそれがあったこととされている。「領内は前年も不作だったが、財政が苦しい藩は強引に年貢《ねんぐ》を取り立てたので、村々では取り置きの古米まで年貢に回した者が少なくないとみられていた。その翌年の大凶作である。今度は領内から餓死者を出すおそれがあった。」（清10-11）。予想どおり、飢饉に見舞われ、領民は飢えと寒さに責められる。これに対して合積り（配給）の制度や、貸付けの手配をしたり、御救い米を支給する施策が行われた結果、「時の執政たちは、ともかく餓死者を出さずに、どうにか飢饉をしのぐことに成功した」(清11)。この飢饉の後始末をめぐっての政争が生じ、その結果として上意討ちが行われるという事情がそれなりに分かりやすく描かれている(註25)。

映画では、藩士の禄は借り上げられており(清兵衛の場合、五十石の禄の二十石で手取り三十石、シナリオ48参照)、藩内の窮乏は進んでいるのだが、このことは直接には権力抗争に結び付けられておらず、したがって上意討ちも藩の財政事情によるものではないということになる。この点映画の描写は必ずしも分かりやすいとは言えない。

さらに重要な点として餓死者が出たことが描かれているということがある。これは、上に見たように、原作ではとにかく餓死者は出なかったとされているのとは異なっている。若菜摘みや釣りのシーンに餓死による農民や農民の子どもの死体が川を流れて行くということは大変な事態である。しかし、この事態について主人公は何か特別に反応を示したりしない。

これらの場面での主人公は農民たちが川辺に浮かんでいる農民の子どもの死体を流そうと騒いでいるのに対して、「凝然とこの光景を眺めている清兵衛」(シナリオ33)というように、あるいは釣りの途中で倫之丞から出された朋江との縁談を断る清兵衛の前を農民の死体が流れて行くというように、悲惨な事態であるにもかかわらず、清兵衛はただ「今日はやめっか」(シナリオ43)と川から離れて行くというように淡々と描かれている。これらのシーンは、「豊かな稲作地帯を抱え藩財政も安定して」（シナリオ 25）いたという作者の言葉とややそぐわないところがあると思われる。ただし、これはこの藩の事情が他藩に比較すれば安定していたということであって窮乏には変わりないのであろうが。「他藩にくらべ領内に封建制に対する不信感は少なかった。」（同）いずれにせよ、清兵衛の描写においては清兵衛がこの農民の状態に対してどのような態度を採ったのかについては描かれていない。この点については、藤沢の場合描き方が異なる。例えば、他の藤沢作品「唆す」（藤沢 1982 b 参照）では一揆の農民に心を寄せる下級武士が描かれている（註26）。

原作においても映画においても下級武士にとってはいずれにせよ、上意討ちがどのような事情によるものなのかは、関係のないものとして描かれている。しかし、上意討ちが幕末における政治方針をめぐっての権力抗争によるものである限り、その無意味さが際立っている。斬り合いでどちらが勝つとしても、観客であるわれわれはその時代の後に来るものを知っているのであり、斬り合いのどちらの側にもその時代の犠牲者を見ざるを得ないのである。ここに映画の描く二つの時代に対して、第三の時代つまり、これらの時代を映画のうちに見るわれわれが生きる現代があるわけである。

この視点を映画的に表現するものとして本書で取り上げたい端的な例は、照明の在り方である。映画では照明がかなり暗く、観客には何が映されているのか分からないシーンがかなりある。これも当時のリアリティーなのであろう。

この映画の照明の暗さは、この映画に対する山田の思いの方向を示しているのであろう。山田は、この暗さを前近代の暗闇に重ねているのである。この方向は、とりわけ斬り合いの描き方に現れている。つまり、前近代の暗闇の中で自らの生き方を求めて模索する姿によって示される方向である。「クライマックスの果し合いは暗闇の中での戦いにしたかった。もうすぐ扉が開いて明るい世の中が見られるのに、訳がわからない暗闇の中で、俺たちはこんな無意味なことをしているんだ——。そういう思いをあのシーンで出したかった。」(パンフレット 10) 山田には「昔から描いていた果し合いのイメージ」があったという。刀を持って睨み合った二人の男が繰り返し斬り合いをして息も絶え絶えになり、結局体力の尽きた方が倒れて止めをさされるという「とてもリアリティのある話」に基づくイメージである。「この果し合いもそういう戦いにしたかった。そうした戦い方と、すぐそこに新しい未来が迫っているのに闇の中で模索し続けているというイメージが重ならないかということで殺陣を工夫してもらった。」(同 11)

この場合、近代の明るさに対する前近代の暗さという対比の仕方は、あたかも近代合理主義の立場の表明であるかのように見えるかもしれない。しかし、そうではない。暗闇の中で「無意味なこと」をしているというそのこと自体が、むしろ近代の明るさに対置されることで一つの意味を獲得する。前近代を見守ることということが近代の延長上にある現代から行われていることによって、近代を相対化している。つまり、前近代の暗さは近代の明るさの中で忘れられたものでありつつ、確かなリアリティーを持つものとして、現代的な意味を獲得するのである。

しかし、それにしてもここに現代的な意味を獲得するものとして取り出された前近代の暗さとは何か。何故それが映画において映し出されるのか、が改めて問われよう。それは、あれこれのシーンの照明の暗さのことではない。明暗のシーンが全体として語りかけてくるものが何かが問われるのである(註27)。

それは、日常生活において個人が自己の在り方を自己を取り巻く世界との関係のうちに見出すその一つの仕方ではないだろうか。そのとき、戦死した父親への回想という枠組みからは、映画の全篇を貫く一つのテーマ、この映画の通奏低音のように貫かれているものが浮かび上がってくる。それは、日常生活の中で人間が営む生と死とのドラマである。

実際この映画では淡々と日常生活を描きながら、その生とともに死に関わるシーンが多い。それぞれその時代の過酷な制度のもとでの彼らの非情の死が描かれている。例えば冒頭のシーンや葬列のシーンでは貧困の中での清兵衛の妻の死が描かれる。前述したように、若菜摘みのシーンおよび釣りのシーンでは餓死による農民の子どもや農民の死体が川を流れてくる描写がある。そしてクライマックスの斬り合いは、権力争いの犠牲となり、その空しさとともに武士の時代の終わりを見ていたにもかかわらず、結局武士の名誉故に命を落とすこととなった斬り合いの相手と主人公との死を賭したドラマが描かれている。最後の墓参りのシーンは、先の斬り合いをぎりぎりのところで生き延びたにもかかわらず、数年後には剣ならぬ鉄砲に撃たれてしまった清兵衛の戦死について語られ、また連れ合いの死後義理の娘たちを父親に誇りを持つ人間に育て上げた苦労の上に迎えたであろう清兵衛の連れ合いとなった朋江の死について語られている。

原作においても、日常生活のゆったりとした描写の中にゆるやかな形ではあるが、人間の生と死とのドラマが描かれている。「竹光始末」における浪々の旅での家族の生活、「たそがれ清兵衛」における妻の病と養生、「祝い人助八」における妻の死や幼なじみとの縁談、これら三篇における形は異なるが上意討ちの非情さなど、一つ一つはそれぞれ厳粛な事柄である。これがユーモアをまじえた仕方で描かれるのである。そこに藤沢作品の味わいがあると言えよう。

原作と映画との双方におけるこれらの描写はいずれも重いものであるが、そこには時代の変動の中にあった人間の生と死とが映し出されている。そこでは、その時代の制度のもとで無意味な死をとげなければならなかった人間への鎮魂の思いが、変わらぬ自然の風景の描写によって映し出されているように思われる。無意味な死もまた自然によって包まれるかのようである。ここでは三島由紀夫流に自由意思による死が特別視されることがない。宮本武蔵流に言えば、誰にでも死の覚悟は可能なのであって、この覚悟は武士の特権ではないのである。

この特権が否定され、人間がそれぞれ「個」としてその生を生きるとき、その生の最期に残るのは自然死が主たるものとなるであろう。つまり、武士による支配は原理的にも歴史的にも終わるのである。この時代がなお続いていた当時を描写しながら、映画ではむしろこのような特別視のもとでは背景に退いている自然死が描写されるのである。このような描写との対比によって、斬り合いによる死や戦死の理不尽さ・無意味さが浮き彫りになっている。原作小説はそのような制度を原理的に超え、また映画の眼差しは歴史に即してその制度の終焉へと向けられている。両者は、ともに歴史の根底を通じて流れる変わらないものを見ているのである。

原作では、死というものは必ずしも強調された形で描写されてはいない。しかし、事柄としては「竹光始末」の描写に見られるように「主持ち」である武士の悲哀として描かれている。それは、武士であれば避けられないものとして描かれる。そこに武士であることが相対化され、そこからの脱却が見通されている。映画では、このことが史実としての歴史の中での娘以登による回想という仕方のうちで意味付けられている。つまり、映画全体が彼女の自己と世界との関係として構築された物語なのである。このような描き方のうちに近代日本を相対化し、前近代から現代に通じる変わらないものとしての人間の姿を形象化するこの映画のメッセージが示されているであろう。

このように、確かに史実に近付いた仕方で描くのかどうかという点では原作と映画では異なる仕方で人間が描写されている。しかし、自然を基盤に時代を超えて、一般に歴史を越えて（あるいは超えて）生き続ける人間を描くという点では、両作品世界は重なり合っている。この点でのこの両作品世界の重なり合いこそ、現代日本の文化にとっての一つの問題提起であり、両者の描く人間像はその意味を表現していると言えよう。

それは、現代日本に生きるわれわれが「いま」はほとんど忘れてしまったものである。この忘れられたものを浮かび上がらせる試みには、もちろんいろいろな仕方での表現がありえよう。その中でも、それが生きていたであろう過去の時代を想い起こすという仕方の表現は特別の位置を占めるであろう。この仕方での表現は、時代小説として、また時代劇映画として現代日本の文化の一つの分野をなしている。今回の山田作品が国内の映画賞のほとんどすべてを受賞したように非常に広範囲に受け容れられたということには、その作品の質については言うまでもないことだが、これを受け容れるほとんど国民的規模で一般的な関心という基盤があったということも無視することはできないであろう。むしろ、この山田作品は原作を藤沢作品に求めることによって、この一般的な関心に応えたと言うことができよう。この関心に応えるものは、すでに藤沢作品において形象化されており、多くの人々によって受け容れられてきた。今回の山田作品によって、さらにこの形象化はスクリーンにおける映像としてより具体的な仕方で形象化された。そのことによって、両作品世界が重なり合い、そのことによって現代日本の文化に一つの新しい展開がなされたと言えよう。

この新しい展開においては、両作品世界の重なり合いによって、現代日本に生きるわれわれは、そもそもわれわれが何に関心を持っているのかについて、「いま」改めて自ら意識したと言えよう。このことによってわれわれは、われわれ自身の拠って立つ基盤について気付かされた。つまり、われわれには忘れているものがあり、それが何であるのかということがわれわれ自身に分かってきたのである。それは、これまではそれほど意識されず、単なる予感に止まっていたのかもしれない。しかし、それはわれわれが心の奥底では求めてきた何かであろう。両作品世界の重なり合いは、この何かを「むかし」の人間像によって示しているのである。このことによって両作品世界の重なり合いは、われわれに「これから」への方向を示しているのではないだろうか。つまり、われわれが何を「幸せ（仕合せ）」とし、そのことをめぐってどのような生と死とのドラマを生きるのかという問いであり、この問いへの答えである。

註

1　筆者の場合、この宣伝とほぼ同じ意見であり、時代小説と言えば、まず最初に藤沢周平の作品群を挙げる。幸津 2002 参照。これとは異なる見解についても同書で挙げ、これらについて筆者の見解を述べた。

2　この点については日本の時代劇映画が歌舞伎の影響の下にあるという見解（佐藤忠男 2003：18）が参考になる。このことをめぐって佐藤は、黒澤明の『七人の侍』と山田洋次の『たそがれ清兵衛』とを対比させている。歌舞伎のこの影響を打ち壊して映画ならではの時代劇を創造しようと意図的に努力したのが黒澤作品であり、「衣裳やセット、人物像など、あらゆる面で現実味が追求され、画期的な成果をおさめた」が、ただ一点、黒澤が百姓たちを烏合の衆として設定したという点に疑問があるという。「人間は身分によって高貴な者から下賤な者、野卑な者、卑屈な者などいろいろあって、その行動パターンもきまっている、というのは歌舞伎の約束事の最たるもののひとつであり、偉大な黒澤明も容易にそこから脱却することはできなかったのだと思う。」これに対して、山田作品は「その時代の風俗や人々の生活のあり方などを、極力、本当はどうだったのだろうと研究を重ねながら作られた時代劇であるという点で、『七人の侍』以来、五十年ぶりの試み」であり、「普通の人間の日常生活を、いかにもそれらしく、相当程度に納得のゆくように描くことに成功している点で」、「画期的である」という。佐藤は山田作品のリアリズムを評価しているわけである。さらに佐藤（同 19）は「歌舞伎的な男尊女卑の枠組」を超えた「恋愛のロマンスとしても傑出している」とする。ただし、朋江の描き方について、身分のある侍の妹で上士の妻だったことのある女性が「こんなに自由に家から出歩いてよその男の家に出入り出来たかどうか」という疑問を投げかけているのだが、この点についても歌舞伎の枠を超える工夫を認めている。「彼女は男の家に出入りしていたのではなく、そこの娘たちと強い心の絆を持っていたのだとしているあたりを苦心のあるところと認めたい。そういう工夫をこらさないと時代劇映画の侍たちは容易に歌舞伎の枠から飛び出せないからである。」ここでの時代劇の枠の制約について、それを「劇」のそれとして捉えるほぼ同様の指摘が他の批評にも見られる。「時代劇は『劇』という呪縛から抜け出ることはできないのか」という問題点を「クリア」して「まず日常のリアルをベースにそこに生きる人間を捉えようとしている」（金澤2002）という。黒澤についても批判的に言及される。「すべての時代劇を『劇』的シチュエーションの中で描いている。たとえそこに生きる人間の本質的なリアルがあったとしても、彼らが演じている空間はありえない現実の世界だった。」（同）黒澤作品についてはほぼ同様の指摘が映画の技術という側面からなされている。それは、「極端な映像中心主義」であり、「時代劇としては脚本に難があるケースがある」とされ、『七人の侍』についてその虚構性が指摘される。「最近の戦国時代の武士と百姓についての研究ではっきりとしてきたことだが、戦国時代には百姓自身が武装していたのであって、非武装の百姓が野盗に困って武士に頼んで追い払ってもらうというようなことはあり得ない。だから、『七人の侍』のストーリーの骨格は全くの虚構である。」（筒井 2000：58）同じく佐藤 2001：223-224 参照。この点は、山田が黒澤のこの作品のリアリティーについて映画の骨格についてというよりも演出そのものについて述べる限り、そのリアリズムを評価することと必ずしも矛盾しないであろう。この黒澤の山田への評言を踏まえた吉村英夫の山田作品の評価は興味深い。つまり山田に「大冒険」を期待しての注文、家族を描くような「いつも同じ傾向」ではなく「むしろ家族の中へ目を向けたんじゃなくて、外へ向けたようなものをやってみる」（一九九一年十月五日　ＮＨＫ　ＢＳ『山田洋次の世界』――黒澤の言葉よりの引用の再引用）という黒澤の注文に対して、山田は「あくまで自己の作家性を貫いたうえでの『大冒険』」をしたという。『家族の外へ』目を向けるどころか『家族』を描くという一点で山田は微動だにせず、むしろ小津安二郎以来の松竹的伝統を確認するかのごとく、時代劇の形で究極の家族ドラマをめざした」という。「山田は器《うつわ》を変えたものの中身は変更せずに、『同じ傾向』のしかし普遍的テーマを自信をもって歌いあげた。そして押さえても押さえきれない温もりがにじみ出し、人間への優しさが画面からしみわたってくる点で、『たそがれ清兵衛』はやはり決定的に『山田印』の映画となったのである。黒澤の好意的な評言と示唆と期待に対する十年後の山田の回答だと位置づけてよいだろう。畏敬の念を抱き、黒澤のダイナミズムをとりいれての殺陣やリアルな人間関係を追究しながらも『静』や情感も大事にして、黒澤時代劇にひそかに挑戦したのが『たそがれ清兵衛』である。」（吉村 2002：32）小説では難しい映画独自の表現についての時代小説作家の指摘も示唆的である。「映画にずっと流れて来ている時のゆるやかさが根底にあるから、中盤とラストの殺陣のシーンが凄まじく際立つという構成になっている」「実際、わずかな何分間かのシーンで、しかもそんなに形相を変えて凄まじいことをやっているわけではない。ところが、緩急の激しい動きと、見事な効果音の使い方で、映画全般の中での殺陣シーンがひときわ目立つようになっている。こういう場面の空気というものは小説ではなかなかうまく表現することが難しいシーンですね。」（山本一力 2002：21）本書では言及できなかったが、特典ディスクには、山田監督や出演者のインタヴューや撮影・美術・音楽・照明・編集・録音・衣裳・装飾などの技術的側面を中心とした撮影の全容が映像で収められており、非常に興味深い。撮影途上の試行錯誤も併せて収録されており、中にはおそらく編集上カットされ出演者としての名前はあるけれどもどこに出ているのか分からない人物（藤左衛門の中間（桜井センリ））の登場シーンも出てくる。数多くの映画賞の受賞風景も収められている。「撮影ノート」においても日程順にそのプロセスが文字による記録として出されている。平松 2002 参照。多方面の多くの人々の協力によって製作される総合芸術としての映画というものについて、認識させられる。キャスト・スタッフ一覧参照。

3　山中貞雄監督作品『人情紙風船』P.C.L ＝前進座　昭［和］12年　モノクロ／スタンダード／86分（NHK＆JSB 1990：102）。作品解説によると、この作品を最後に山中は二十九歳の若さで戦病死したという。「時代劇の近代化を進める旗頭の一人として期待されていただけにその死は惜しまれた。／この遺作は時代劇の巨匠三村伸太郎の脚本を山中が書き直したもので、黙阿弥の世話ものから登場人物を借り、長屋ものに作りかえたもの。時代劇の本拠京都を飛び出し、前進座と全面提携し新しい旗を揚げようとした矢先であった。」(奥村芳太郎〈解説〉、ＮＨＫ＆ＪＳＢ 1990：102) 映画作家としての山中に対する佐藤忠男の次の評価 (同「山中貞雄　日本映画に〝アメリカ〟を取り入れた男」ＮＨＫ＆ＪＳＢ 1990：104-105) を聞こう。「山中貞雄ほど惜しまれて死んだ映画監督はない。一兵士として一九三八年に中国の戦線で戦病死したとき彼はまだ二十九歳の青年であったが、すでに二十六本の作品のある時代劇の名監督であり、その大部分が天才的な才能の発露として賞賛に包まれていたのだった。」山中が日本映画でやったことは、「同時代のハリウッド映画から映画的話法の最良の部分を学びとって、お手本だったアメリカ映画の最良の水準に勝るとも劣らない見事な作品を作ったこと」であるという。お手本が分かる作品も「単純な模倣《もほう》」ではなく、「封建的な講談や歌舞伎の尻尾を引きずっていた当時の日本の時代劇映画では、アメリカ映画的な自由闊達《かったつ》さを映画的に再創造しようとするならば、まず権威的に重々しくふるまう時代劇のスター俳優たちの立ち居ふるまいから作り直してゆかねばならず、それはある種のラジカルな変革でさえもあったのである。[中略] しかも庶民の人情の世界を描くとき、たとえば『人情紙風船』には歌舞伎の世話ものの伝統の洗練もきっちりふまえられており、伝統的なものと近代的なものは鮮やかに統合されていた」という。これは、この作品のみの特徴として言われるばかりではなく、むしろ日本映画の中で注目される点の一つの例としてこの作品が挙げられている。その点とは、日本映画がかならずしも「日本の伝統文化の延長と影響のうえに制作されてきたわけではない」(四方田 2000：30) ということ、というより具体的なフィルムにおいてまず注目されることとして「圧倒的な文化的なハイブリッド性、すなわち異種の文化的源泉を重ねあわせ、まったく新しい混合体を作り上げようとする意志」（同）があるということである。この作品は「一本のフィルムのなかにいかに多くの文化的源泉が隠されているのかを知るため」（同）の格好の例とされる。つまり「ここでは日本の伝統演劇に最新のフランス映画、ロシア小説、ハリウッドの形式といった、まったく異なった要素が混ぜあわされ、ある調和に到達している。こうしたジャンルの混交は日本において、ただひとつ映画のみが徹底してなしえたことであった」（四方田 2000：30-31）というわけである。

4　黒澤明監督作品『七人の侍』東宝　昭［和］29年　モノクロ／スタンダード／207分（ＮＨＫ＆ＪＳＢ 1990：36）。作品解説によると、「日本映画に類を見ない大型アクション時代劇」であり、「日本のみならず世界の映画界を驚嘆させ」た（奥村芳太郎〈解説〉、ＮＨＫ＆ＪＳＢ 1990：36）という。

5　この点に関して「脚本のみごとさ」についての指摘が示唆的である。「まったく違う三人の主人公を一人にまとめ、三作のエピソードと人物を上手に組み合わせた脚本のみごとさには舌を巻く。藤沢周平の世界を熟知して、その膨大な物語世界が自分の中で消化され、完全に自分の一部になった人にしかできないような種類の脚色だと思う。換骨奪胎などという程度のものではなく、完全に原作者を自分のものにしている、そう感じさせる脚色だ。」（新藤 2002：46-47）原作三篇の主人公が映画の中で一人にまとめられた点をめぐって三人が共通性を持つという、時代小説評論を専門とする文芸評論家縄田一男の指摘は、この映画の意味を考える上で示唆的である。「たそがれ清兵衛という一人の人物が『竹光始末』の小黒丹十郎を、そして『祝い人助八』の伊部助八を演じている」とし、「藤沢周平描くところの作中人物が、生きることの歓喜やおののきを、一瞬たりともおろそかにしない人物として描かれている」(縄田 2002：12)という点での共通性である。縄田によれば、これら作中人物は、「時間や空間を限られた存在ではなく、私たちと等身大の存在」であり、「作者は、その人間の根幹にあり、不変なもの、すなわち生のおののきや歓喜を忘れがちな私たちのために、それをいっそう強調できる形式——時代小説を通して作品を問い続けた」(同)という。「生きがたい世の中を何とか人間としての誇りや矜持を保ちながら生きていく——そうした人々の姿に触れた時、私たちの中にあふれるのは、彼らとそんな『思い』を共有したい、という切ないまでの願いであろう。はじめて映画館のスクリーンの上に現われた海坂藩の光景の中に、そうした『思い』が顕現したことをよろこびたいと思う。」(同 13)この指摘を踏まえた上で、しかし、この映画に関する限りにおける藤沢と山田との作品世界の相違についても、捉える必要があろう。重要なことは、両者がそれぞれ独自の仕方で描く作品世界が重なり合い、両者相まってのより大きな広がりが作り出されたということである。藤沢は別の作品では山田とは異なった仕方で、鋭い社会認識を示している。その上に藤沢独自のユーモアが生み出されている。映画とは異なって、いずれも剣客なのだが、どことなくおかしい登場人物のおかしな物語が描かれるのである。そのような作品として例えば、「臍曲がり新左」・『用心棒日月抄』・『よろずや平四郎活人剣』などが挙げられる。この点については幸津 2002：20-28 参照。このような例として原作三篇も挙げられよう。藤沢作品を踏まえつつ、山田作品に触れたおそらく最初の文献として、北影 2003：下 10-72 参照。なお「海坂」の意味について、阿部 2004：33-36 参照。

6　この点は映画評論の側からも提示されている。映画は「映像に翻訳されて、別種の創作品として見るべき」とされる。杉山 1975：125 参照。

7　山田の脚本について「いつもその土地の方言に忠実な点が魅力のひとつ」とする指摘（野上 2002a：127）を参照。

8　この「平侍」という武士が藩のどこに位置付けられるのかは不明である。これが藩の軍制組織の中で一般に呼ばれている「平士」と同じであるとすれば、それは「上級家臣（上士）」ということになる。「下級家臣（下士）」との違いは、一つは騎馬武士であるか歩兵であるかによるという。この違いについて笠谷 2004：122-124 参照。そうだとすると、清兵衛には馬に乗る様子はないので、実態は「下士」であることになろう。庄内藩では、御蔵方は、職制上「組頭」支配から「郡代」配下に出向させられた「御家中組小役人」の一つであり城中席次最下位（85 番）に位置付けられていたようである。斎藤 1995：16-24 参照。「お家中組小役人」は「行列以上」と区別されている。シナリオ 44 参照。庄内藩では城中席次 37 番の「御供頭」以上が「行列以上」と呼ばれ、特別の待遇を受けたようである。斎藤 1995：24 参照。結局「平侍」と呼ばれる清兵衛は、広い意味では「家中」である限りでは「上級家臣」に含まれるであろうが、実態は「家中」の中では最下級であり、その意味では下級藩士ということになるであろう。

9　山田の作品世界では、やや頭の弱い男が登場人物として主要な役割を果たすことがある。このことが、多くの登場人物によって構成される人間関係の多様性を示すことになる。そのことによって人間像に膨らみが与えられている。『男はつらいよ』の主人公車寅次郎がそもそも少し枠外れの人物であり、他の登場人物とのやりとりはおかしさの雰囲気を醸し出す。このような人物設定は、いわゆるコメディーではない他の山田作品でも中心的な要素となる場合もある。例えば、高等養護学校を舞台にした『学校Ⅱ』の場合がそのような場合である。山田／朝間 1993b：1996 参照。

10 儒者安井息軒の妻佐代についてこの小説は次のように書く。「お佐代さんは何を望んだか。世間の賢い人は夫の栄達を望んだのだと云ってしまうだろう。これを書くわたくしもそれを否定することは出来ない。しかしもし商人が資本を卸し財利を謀るように、お佐代さんが労苦と忍耐とを夫に提供して、まだ報酬を得ぬうちに亡くなったのだと云うなら、わたくしは不敏にしてそれに同意することが出来ない。／お佐代さんは必ずや未来に何物をか望んでいただろう。そして瞑目《めいもく》するまで、美しい目の視線は遠い、遠い所に注がれていて、あるいは自分の死を不幸だと感ずる余裕をも有せなかったのではあるまいか。その望の対象をば、あるいは何物ともしかと弁識していなかったのではあるまいか。」（森鷗外 1995：145）

11 このように余吾を「誇り高い侍」にしたところに山田の「狙い」があり、山田が余吾にも「同情」し、「愛情を注いだ」という指摘（野上 2002b：127）は興味深い。

12 さらに安藤昌益がこのような自然・人間観に基づいて非戦論を展開したことが注目される。この点については、木村 2004：87-96 参照。

13　森有礼の「夫婦同等」論が『夫婦有別』として夫婦の区別を第一義とし、しかも夫の妻に対する優位を説く旧来の儒教道徳とは大きく異なっている」こと、「夫婦関係や親子関係という家族の領域に止まるのではなくて、家族関係の近代化を土台として国家そのものの近代化を図ろうとするところに本来の意図があった」ことについては、伊坂 2004 : 8,29 参照。

14　庄内藩の藩校「致道館」の教育課程は、今の小学校課程にあたる「句読所」から始まり、そこでは孝経・論語・詩経・書経・礼記・大学・中庸・周易を暗誦させたという。斉藤 1990 : 201 参照。映画で取り上げられている論語への現代的関心については、貝塚 1964 ; 加地 1984 参照。

15　朱子の「格物致知」における客観的法則性の強調の意味については、荒木 1974 : 32 および現代語訳への註、同責任編集 161 参照。

16　題材の取り扱い方の変化については、「作者の関心、あるいはモチーフが、秘剣の工夫から生身の人間への関心に移っている」という指摘が参考になる。蒲生 2002 : 146 参照。

17　むしろここに『葉隠』の語り手は、もはや武士ではなく、仏教僧であり、そこで語られる武士道に仏教思想の影響を見る理解もある。志村 2003 : 46 参照。「死」の捉え方をめぐって「武士は死を覚悟して、死んだつもりで葉の陰でひっそりと主人に忠節を尽くすべきだ」とし、それ故『葉隠』は「江戸時代初期のビジネスマンストーリー」であるとする読み方もあるという。童門 2002 : 113-114 参照。「家職」の捉え方については、ここに戦時の「武士道」を換骨奪胎し、平時の「奉公人」道へと鋳直したとし、ここに山本常朝の日本思想史上における意義を見出す解釈は大いに示唆的である。小池 1999：151 参照。

18　『葉隠』における「忠義」とは主君の間違った心構えを正しく直し、一藩を堅固に建設するよう努力することであって、奴隷の服従ではなく、まず能動的で自我意識の強烈な「個」としての武士の完成が求められること、そして「死」の捉え方によって自己の家の業を成し遂げ、武士の本分をまっとうすることに武士道を見出す解釈もある。笠谷 2004：37-38 参照。このような解釈に対して主君への奉公を「忍ぶ恋」とするところに個人の自立性・主体性を認めるのは難しいという疑問も提出されている。大橋 1998：72-75 参照。さらに『葉隠』のうちに主体性の思想ではなく、むしろ「主君に没我的奉公を尽くせばよいとする主体性放棄の思想」あるいは「権威への無批判なもたれかかりと、困難な状況に対処する場合の思考の放棄」を読む解釈もある。山本博文 2001：192-193 参照。

19　この和辻の説くところから見て、藤沢が本来の武士道を『葉隠』の武士道に置くのは、やや単純化しているとする見解がある。しかし、そこでは同時に明治期に受けつがれたものを治者としての「士道」の倫理観だけというのも一面的であるとする。一個の具体的な武家としては必ず主従の関係に置かれており、したがって儒教的な「士道」としての倫理観は、他方で主君に献身し、いつ何時でも主君のために命を投げ出す『葉隠』武士道に裏打ちされてこそあり得たとする。新船 1999：98 参照。

20　この可能性を新渡戸稲造もその一人であるという「高貴性の原理」を掲げる「陽明学的（武）士道」に求める視点は、非常に興味深い。大橋 1998：はじめに、39 参照。また、新渡戸による武士道の定義、すなわち「武人階級の身分に伴う義務 the *noblesse oblige* of the warrior class」(新渡戸 1938=1974 : 27 ; Nitobe 1969 : 4。「身分に伴う義務」には「ノーブレッス・オブリージェ」とルビが付されている)が一般の人々に伝播していったことに、「日本における武士道精神の素晴らしさ」(岬 2001: 44-45)を見る視点をも参照。同様の視点について、志村 2003 : 5,52 参照。この点については、歴史研究を参照する必要があろう。武士道の道徳である忠孝が「家・族の一本の上下の線を中心としている」こと、江戸時代における「家」の「格式」による社会が「族」の社会から出発していること、支配者の道徳がごまかしに満ちており、被支配者の道徳も同じで、両者の道徳がくいちがってくること、家を個人に優先し、族を家に優先するというのは武家道徳の底には一貫して存在すること、それが明治においても「新しい忠孝主義」として再生されたことについて、中村吉治 1967 : 8,183,187,189,202 参照。武士道が身分制度を前提する限り、現実には陽明学と武士道とは結局両立できないと思われる。陽明学に見られる平民主義的な方向は、別に求められる他はないであろう。その点をめぐっては、筆者は別のところで貴族主義の武士道と平民主義の茶道とを対置したのだが、それに基づいて言うならば、平民主義的な方向は例えば茶の湯あるいは茶道の精神に求めることができるのではないだろうか。幸津 2003 : 40-41 参照。この点については、義江彰夫の次の指摘(義江 2002 : 54-55)が非常に示唆的である。すなわち、村田珠光が開発した新しい飲茶法は、「百姓など、町人より低い身分の人たちと会合するためのセレモニーである」こと、しかも珠光はこれに「侘び茶」という名を与えたのだが、「侘び(=詫び)」とは、ふつういわれるような「わび・さび」の「わび」ではなく、「当時『詫び言』という言葉が、お詫びという形をとったお上への異議申立という意味で用いられていることからわかるように、お上への抵抗を確認し合う茶会」であること、そのためには「被支配者としての町人と百姓の身分差を撤廃し、町人の方が腰を低くして百姓を招き入れなければな」らず、それ故「田舎屋風の茶室と粗末な茶碗を町人が用意して茶会をひらく」こと、「そこで同一の茶碗で同一の茶を飲めば、より積極的な一体感がつくれる」のだから、「まさに侘び茶は、お上への抵抗のための町人・百姓の連帯の形成のセレモニーであった」ことである。

21 誰でも「良知」の体現者として聖人であるという点をめぐるこの件についての荒木の次の指摘は示唆的である。「天下の大道を歩むもの、そこには治者も被治者も、知識ある人も目に一丁字もない人もいるであろうが、それらすべてがそれぞれに良知の体現者として聖人であるという陽明・心斎の感覚こそ注目されねばなるまい。［中略］良知と庶民意識とは（そこに統治者に対する反抗意識があるか否かはともかくとして）立派にマッチさせることが可能」であるという。荒木 1974 : 60。また良知が万人に平等遍具することについて大西 1983 : 47 参照。朱子の「到知格物」解釈への批判および「新しい創造的主体のありかを積極的に設定した」「良知」説の意義について荒木 1974 : 68-71 参照。

22 近代日本のナショナリズムの問題についての筆者の見解は、幸津 2001 で述べた。また筆者は『茶の本』における岡倉天心の説を手がかりとして、「死の術」としての武士道に「生の術」としての茶道を対置し、両者の相違について論究した。幸津 2003 : 102-105 参照。

23　この点は、山田の一貫したテーマであると思われる。例えば映画『学校』においても幸福論が提起されている。筆者はかつてそこでの描写に触れたことがある。山田／朝間 1993a：224；幸津 1996：272 参照。

24　原作から離れ、時代設定を幕末・近代にしたことを「脚本の大きな手柄」とし「体制は擬制。決して信用しちゃならないこと」、「今日の状況にズバリ通じる、共同体幻想崩壊後の共生を訴える」ところに「この作品のテーマ」を見る指摘（池戸 2003：106）が興味深い。

25　史実の上で庄内藩では天保四（一八三三）年の大飢饉に際して積極的な施策によって、領内から一人の餓死者も出さずにすんだという。人文社 1997：91 参照。飢饉への庄内藩の対策については、斎藤 1995：135-142 参照。長岡への転封阻止の運動の際の嘆願書には天保飢饉のときの適切な救済で餓死者を出さなかったことが述べられていたという。斎藤 1995：149 参照。江戸時代前期庄内藩の農村支配は厳格であったが、もとの領主の家臣の系譜をひく土豪の勢力が弱かったため、酒井家に武力で反抗する者が出ず、支配が安定したのちに庄内藩がさかんに新田開発などで農村の振興を行なったことによって、豊かになったことを知って他藩から庄内に移住してくる農民も見られたという。江戸時代中期以後、庄内藩も他藩と同じく商品経済の影響をうけ、財政が悪化していくが、おおむね商人に迎合する方向をとらず、質素な気風を保ちつづけ、貧しいなりに藩としてのまとまりをもち、徳川譜代の藩の立場で江戸幕府を支えたという。武光 1999：156-157 参照。

26　藤沢作品においては、武士が武士であることを止めるということは必ずしも明示されないまでも身分制度を相対化してこれを超えていくという方向が示唆されている。例えば、「唆す」に見られるように武士が農民に対して共感的な態度を採るという方向であり、また「雪明かり」に見られるように武士が町人になるという方向である。これらについては、幸津 2002：75, 72-74 参照。

27　ここでの明暗の対比は、この映画の撮影において駆使された高度な技術の一つが示されているのであろう（その一端は、平松 2002：43 に記されているところから分かる）。ここには、一般に高度な技術によってどのような芸術的な表現に到達しうるのかという問題がある。そのことは、時代劇という前近代的な題材を現代の最先端の技術によって描くというこの映画の場合、通常の現代劇映画にもまして厳しく問われたことであろう。もちろんそこには芸術的な表現への創作上の意思が技術に浸透していることが前提されるであろう。そのとき、技術と芸術との統合が達成されるであろう。それをわれわれ観客は鑑賞し、その意識を豊かにすることができるわけである。この点について、この統合についての次の捉え方は示唆するところが多い。「芸術作品の表現によって、生活の善は確かめられ、生そのものが更新されます。芸術作品は芸術家がはじめに体験したものから生じ、そして彼自身とその分与者（鑑賞家）の両方にとって新しい体験となり、さらにその独立した存在によって社会全体の意識を豊かにします。芸術において、人間は他の人々に創造と相似の感応と行動をひき起して、いわばもともと住んでいた生物よりも後まで残る一つの外殻をつくるのです。そこで暫くするうちに世界のどの部分も人間個性の刻印をおびてきます。このように定義された芸術は、科学、技術いずれとも矛盾するものではない。なぜなら後者もまた［中略］、人間的感情や人間的価値の源たりうるからです。」（マンフォード 1954：166）

文献目録

（藤沢周平作品および研究文献については本書で言及したもののみに限定して挙げる。その他については幸津2002を参照されたい。山田洋次作品および研究文献については本書の主題の範囲に限定されている。）

1　考察の対象とした基本文献

藤沢周平 1978『暗殺の年輪』文春文庫（「暗殺の年輪」77-129、「ただ一撃」131-178）

同 1981a『用心棒日月抄』新潮文庫（シリーズ、1984『孤剣』,1987『刺客』,1994『凶刃』）

同 1981b=2002（改版）『竹光始末』新潮文庫（「竹光始末」（=竹）7-54）

同 1982a『時雨のあと』新潮文庫（「雪明かり」7-32）

同 1982b『冤罪』新潮文庫（「唆す」53-96、「臍曲がり新左」226-273）

同 1983『隠し剣孤影抄』文春文庫

同 1984『隠し剣秋風抄』文春文庫

同 1984=1996（改版）『周平独言』中公文庫（「天皇の映像」337-339）

同 1985『よろずや平四郎活人剣（上）（下）』文春文庫

同 1988『決闘の辻　藤沢版新剣客伝』講談社文庫（「二天の窟（宮本武蔵）」7-53、「夜明けの

月影（柳生但馬守宗矩）」109-161）
同　1990『小説の周辺』文春文庫（「映像と原作」167-169）
同　1991a『蝉しぐれ』文春文庫
同　1991b『たそがれ清兵衛』新潮文庫（「たそがれ清兵衛」（＝清）7-44、「祝い人助八」（＝助）287-321）
同　1995『ふるさとへ廻る六部は』新潮文庫（「『美徳』の敬遠」121-128）
同　1997『半生の記』文春文庫（「半生の記」7-111）
同　2002『早春　その他』文春文庫（「早春」101-145）
山田洋次　1978『映画をつくる』大月書店、国民文庫
山田洋次／朝間義隆　1993a『学校』同時代ライブラリー、岩波書店
同　1993b『男はつらいよ　寅さんの人生語録』寅さん倶楽部編、ＰＨＰ文庫
同　1996『学校Ⅱ』ちくま文庫
山田洋次監督作品『たそがれ清兵衛』松竹 2002、カラー／ビスタサイズ／129分、ＤＶＤ（ＤＶＤ発行：2003）（キャスト・スタッフ一覧、後出参照）
同　特典ディスク、ＤＶＤ付録
同　TASOGARE SEIBEI SPECIAL EDITION YOJI YAMADA FILMOGRAPHY、ＤＶＤ付

同　2003：シナリオ『たそがれ清兵衛』、『シナリオ』シナリオ作家協会 654（2003.1）, 24-57
録（＝シナリオ）

2　基本文献に関連する文献

朝間義隆　2003「『たそがれ清兵衛』始末」、『シナリオ』シナリオ作家協会 654（2003.1）,20-23
「巻頭特集『たそがれ清兵衛』」、『キネマ旬報』キネマ旬報社、1367（2002.11 上旬）,29-49
「巻頭特集　映画たそがれ清兵衛」、『時代劇マガジン』辰巳出版株式会社、vol.1（2002.11）, 2-11
松竹株式会社事業部編　2002：パンフレット『たそがれ清兵衛』松竹株式会社事業部
平松恵美子　2002「『たそがれ清兵衛』撮影ノート」松竹株式会社事業部編 2002：40-43
『別冊宝島 964 号　藤沢周平』宝島社 2004

3　古典および基本文献理解の前提となる文献

安藤昌益　1966-1967『統道真伝　上下』岩波文庫
井上哲次郎監修・佐伯有清責任編集　1942『武士道全書　第一巻』時代社［復刻版：国書刊行会 1998］
内村鑑三　1995『代表的日本人』鈴木範久訳、岩波文庫王陽明『伝習録』、『王陽明全集第一巻　語録』安岡正篤監修、大西晴隆解説、中田勝訳註、明徳出版社 1983：81-375；〔現代語訳〕溝口雄三訳、『世界の名著　続4　朱子　王陽明』荒木見悟責任編集、中央公論社 1974：315-583

貝原益軒『和俗童子訓』、『養生訓・和俗童子訓』岩波文庫 1961：193-280；〔現代語訳〕『大和俗訓・和俗童子訓』松田道雄訳、中公文庫 1974：203-290

西郷隆盛 1938『西郷南州遺訓』山田済斎編、岩波文庫

朱子『朱子文集』、『朱子文集（上）』『朱子学大系第4巻』友枝龍太郎編集訳註、麓保孝・新田大作・上野日出刀・隈本宏訳註、明徳出版社 1982；〔現代語訳〕『朱子文集・語類抄』荒木見悟訳、『世界の名著　続4　朱子　王陽明』荒木見悟責任編集、中央公論社 1974：79-314

『大学』、『大学・中庸』俣野太郎講義、明徳出版社、中国古典新書、1968：67-188

新渡戸稲造 1938=1974（改版）『武士道』矢内原忠雄訳、岩波文庫；同 1993、奈良本辰也訳・解説、三笠書房、知的生き方文庫（訳は前者に従う）; Nitobe, Inazo : Bushido. The Soul of Japan. Tuttle Publishing: Boston, Rutland,VT ,Tokyo 1969

『葉隠（上）（中）（下）』和辻哲郎・古川哲史校訂　岩波文庫 1940-1941；〔現代語訳〕奈良本辰也訳編、角川文庫 1973

パニョル、マルセル 1953『笑いについて』鈴木力衛訳、岩波新書

福沢諭吉　1991『福沢諭吉教育論集』山住正己編、岩波文庫
同　1999『福沢諭吉家族論集』中村敏子編、岩波文庫
ベルグソン、アンリ　1976『笑い』林　達夫訳、岩波文庫
三島由紀夫　1983『葉隠入門』新潮文庫
宮本武蔵『五輪書』鎌田茂雄全訳注、講談社学術文庫 1986；渡辺一郎校注、岩波文庫 1985
（引用は前者による）
『孟子　上下』小林勝人訳注、岩波文庫 1968,1972
森有礼　1999「妻妾論（一）（二）」、『明六雑誌（上）』岩波文庫、276-279,366-369
森鷗外　1995「安井夫人」、『山椒大夫　高瀬船　森鷗外全集5』ちくま文庫、127-152
柳生宗矩　1985『兵法家伝書　付・新陰流兵法目録事』渡辺一郎校注、岩波文庫
山川菊栄　1983『武家の女性』岩波文庫
『論語』金谷　治訳注、岩波文庫、1999；加地伸行訳注、講談社学術文庫、2004（引用は加地訳に従う）
和辻哲郎　1941「武士道」『岩波講座　倫理学』第十二冊
同　1952『日本倫理思想史　下巻』岩波書店

4　研究文献

阿部達二　2004『藤沢周平 残日録』文春新書
荒木見悟　1974「近世儒学の発展――朱子学から陽明学へ――」『世界の名著　続4　朱子　王陽明』荒木見悟責任編集、中央公論社、5-74
池戸拓男　2003「[読者の映画評]　たそがれ清兵衛」『キネマ旬報』キネマ旬報社、1371 (2003.1. 上旬新年特別号) ,106
伊坂清司　2004「森有礼の『妻妾論』をめぐって――伝統的『家』社会と近代家族の葛藤」、『『明六雑誌』とその周辺』御茶の水書房、3-33
NHK&JSB衛星映画マラソン365共同事務局編 1990『日本映画ベスト200』角川文庫
大西晴隆　1983「解説」『王陽明全集第一巻　語録』明徳出版社、9-48
大橋健二　1998『救国「武士道」案内』小学館文庫
貝塚茂樹　1964『論語　現代に生きる中国の知恵』講談社現代新書
笠谷和比古　2004『武士道と現代――江戸に学ぶ日本再生のヒント』扶桑社文庫
加地伸行　1984『「論語」を読む』講談社現代新書
金澤誠　2002「[劇場公開映画批評]　たそがれ清兵衛」『キネマ旬報』キネマ旬報社、1369 (2002.12. 上旬) ,101
蒲生芳郎　2002『藤沢周平「海坂藩」の原郷』小学館文庫

北影雄幸　2003『命を生きる！　藤沢周平の世界――庶民のひたむきな生き方　上巻・下巻』大村書店
『キネマ旬報』キネマ旬報社、1374（2003.2. 下旬）
木村　博　2004「安藤昌益の非戦論」、『平和文化研究』長崎総合科学大学　長崎平和文化研究所、26（2004.3.31），82-99
小池喜明　1999『葉隠――武士と「奉公」』講談社学術文庫
幸津國生　1991『哲学の欲求――ヘーゲルの「欲求の哲学」』弘文堂
同　1996『現代社会と哲学の欲求―いま人間として生きることと人権の思想―』弘文堂
同　1999『意識と学―ニュルンベルク時代ヘーゲルの体系構想』以文社
同　2001『「君死にたまふことなかれ」と『きけ　わだつみのこえ』・「無言館」――近代日本の戦争における個人と国家との関係をめぐって――』文芸社
同　2002『時代小説の人間像――藤沢周平とともに歩く――』花伝社
同　2003『茶道と日常生活の美学――「自由」「平等」「同胞の精神」の一つの形』花伝社
斎藤正一　1995『庄内藩』吉川弘文館
佐藤忠男　2001『映画の真実　スクリーンは何を映してきたか』中公新書
同　2003「『たそがれ清兵衛』のこと」、『シナリオ』シナリオ作家協会654（2003.1），18-19
志村史夫　2003『いま新渡戸稲造「武士道」を読む』三笠書房、知的生き方文庫

新藤純子　2002「奥の深い本物の傑作」『キネマ旬報』1367（2002.11 上旬）,46-49
人文社編集部　1997『――古地図・城下町絵図で見る――幕末諸州最後の藩主たち――東日本編――』人文社
杉山平一　1975『映画芸術への招待』講談社現代新書
武光　誠　1999『藩と日本人　現代に生きる〈お国柄〉』ＰＨＰ新書
筒井清忠　2000『時代劇映画の思想』ＰＨＰ新書
童門冬二　2002『小説山本常朝――葉隠入門』学陽書房、人物文庫
中村吉治　1967『武家の歴史』岩波新書
縄田一男　2002「藤沢周平作品――小説から映画へ」松竹株式会社事業部編 2002：12-13
野上照代　2002a「『たそがれ清兵衛』撮影現場を訪ねて　前篇」『キネマ旬報』キネマ旬報社、1363（2002.9. 上旬）,125-129
同　2002b「同　後篇」『キネマ旬報』キネマ旬報社、1364（2002.9. 下旬）,126-131
文藝春秋編　2001『藤沢周平のすべて』文春文庫（「完全年譜」486-530）
マンフォード、L.　1954『芸術と技術』生田　勉訳、岩波新書
岬　龍一郎　2001『新・武士道　いま、気概とモラルを取り戻す』講談社＋α新書
山本一力　2002「［インタビュー］」松竹株式会社事業部編 2002：20-21

山本博文　2001『『葉隠』の武士道　誤解された「死狂ひ」の思想』ＰＨＰ新書
義江彰夫　2002『歴史学の視座　――社会史・比較史・対自然関係史』校倉書房
吉村英夫　2002「『たそがれ清兵衛』試論――あるいは山田洋次の『冒険』」松竹株式会社事業部編 2002 : 32-35
四方田犬彦　2000『日本映画史一〇〇年』集英社新書

『たそがれ清兵衛』キャスト・スタッフ一覧（松竹株式会社事業部編 2002：エンド・クレジット：パンフレット 46-47）

【キャスト】
真田広之
宮沢りえ
小林稔侍
大杉漣
吹越　満
深浦加奈子
神戸　浩
伊藤未希
橋口恵莉奈
草村礼子
田中世津子
夏坂祐輝
菅原　司
谷口公一
宮島隆子
高田紗千子
厨　孝博
吉田研二
尼子信也
佐藤則夫
水野貴以
前田　淳
佐藤亮太
田中輝彦
伊藤美紀
小森麻由
吉川淳史
山崎貴司
石野理央
エクラン演技集団
松竹芸能京都養成所
ジャパンアクション
　エンタープライズ
オフィスビッグ
劇団麦の会
嵐　圭史
中村梅雀
赤塚真人
佐藤正宏
桜井センリ
北山雅康
尾美としのり
中村信二郎
田中　泯
岸　惠子
丹波哲郎

【スタッフ】
製作代表
　大谷信義
萩原敏雄
岡　素之
宮川智雄
菅　徹夫
石川富康
プロデューサー
中川滋弘
深澤　宏
山本一郎
原作
藤沢周平
「たそがれ清兵衛」
「竹光始末」「祝い人助八」（新潮文庫）
脚本
山田洋次
朝間義隆
撮影
長沼六男
美術
出川三男
美術監修
西岡善信
音楽
冨田　勲
照明
中岡源権
編集
石井　巌
録音
岸田和美
衣裳
黒澤和子
監督助手
花輪金一
装飾
島村篤史
音楽プロデューサー
小野寺重之
宣伝プロデューサー
大角　正
宣伝ディレクター
内藤久幹（TGV）
スチール
金田　正
鈴木さゆり
進行
井汲泰之
製作主任
相場貴和
阿曽芳則
製作担当
峰　順一
斉藤朋彦
監督助手
朝原雄三
田中幹人
黒川礼人
平松恵美子
前原康貴
荒井雅樹
撮影助手
中坊武文
日下　誠
金原美穂
平木慎司
B班撮影
岡田次雄
鈴木一朗
照明助手
宮西孝明
加々見寿夫
宅間申紘
片岡政彦
山口晴弘
李家俊理
児玉　淳
録音助手
鈴木　肇
河合博幸
清水貴幸
編集助手
渡会清美
後藤あずさ
ネガ編集
石島一秀
美術助手
丸井一利
須江大輔
西村貴志
倉田智子
セット付
大河原　哲
装飾助手

郷原慶太
小田　忍
星崎奈美
衣裳
松田和夫
湯沢恵美子
メイク
久道由紀（宮沢りえ担当）
村松園美（岸　恵子担当）
殺陣・所作
久世　浩
夏坂祐輝
特殊造型
原口智生
ステディカムオペレーター
金子雪生
特機
柳川敏克（グリフィス）
録音コピー
宮坂　桂
スタジオ技術
後藤信親
デジタル光学録音
西尾　昇
音楽録音
深田　晃
音楽編集
浅梨なおこ
音響効果
帆苅幸雄
効果助手
北田雅也
伊藤瑞樹
タイミング
福島宥行
オプチカル
五十嵐敬二
デジタル合成
木下良仁
タイトル
熊谷幸雄
小太刀剣術指導
簑輪　勝
方言指導
菅原　司
太田良弘
山崎誠助
所作指導
鈴木万亀子
鉄砲指導
石角次希雄（京都古式砲術研究所）
ガンエフェクト
伊東隆一
栩野幸知
綿入れ指導
加藤(文)布団店
虫籠作製指導
竹定商店
時代考証
保垣孝幸
庄内藩資料協力
堀　司朗
宣伝担当
芦谷英樹
並木明子
飯田桂介
製作進行
中垣弘人
題字
中川幸夫
笛
横田年昭
二胡
チェン・ミン（東芝ＥＭＩ）
オプチカルレコーディング
東京テレビセンター
音楽制作
松竹音楽出版株式会社
主題歌協力
株式会社フォーライフミュージックエンタテイメント
録音スタジオ
松竹サウンドスタジオ
現像
東京現像所
撮影協力
山形県鶴岡市・羽黒町・櫛引町
長野県望月町・信州上田フィルムコミッション
秋田県角館町
ロケ協力
京都　大覚寺
国宝　彦根城
大本山　相国寺
総本山　光明寺
協力
映像京都株式会社
八木かつら
松竹衣裳
新映美術工芸
高津商会
コダック
光映新社
ユニバースポイント
プラネアール
龍保険事務所
日本エフェクトセンター
主題歌
「決められたリズム」
作詞・作曲　井上陽水
歌　井上陽水
（フォーライフミュージックエンタテイメント）
提携
日本テレビ放送網株式会社
小林　昂
平井文宏
奥田誠治
山崎喜一朗
住友商事株式会社
田村雄二
吉井伸吾
林　正俊
長坂　勉
江川友浩
株式会社博報堂
佐藤　孝
湯浅政一
飯田　隆
青木貞茂
中田　清
日本出版販売株式会社
古屋文明
藤沢美枝子
市川賢一
小松賢志
佐野俊広
株式会社衛星劇場
長谷川一郎
山崎克己
秋元一孝
製作協力
松竹京都映画株式会社
平成十四年度文化庁映画芸術振興事業
監督
山田洋次

あとがき

本書は、勤務先の学科機関誌に発表した拙論［本書と同題］（『社会福祉』日本女子大学社会福祉学科、44（2004.3.31）,85-120）をもとに、出版に向けてこれに大幅な加筆をおこなったものである。

本書執筆のきっかけについて述べておこう。その出発点は、まず個人的な関心である。つまり、これまでも藤沢の作品世界と山田の作品世界とにそれぞれ関心を抱いてきたのだが、今回の映画化によってはじめて両者が結び付けられ、両者の関係への関心を促されたことである。

その事情は次のとおりである。本書は藤沢周平の時代小説についての私見を前提している。それについては、拙著2002にまとめた。この拙著を刊行するべく校正作業の最終段階にあったところ、つまり拙著が刊行されるちょうど一ヶ月ほど前に、山田洋次監督作品の映画『たそがれ清兵衛』が劇場公開された。劇場公開直後に映画を観ることができ、感銘を受けた。その際、それが藤沢のどの小説を原作としているのかを初めて知った。この映画の原作小説については拙著ではほとんど言及していなかった。そこで原作を読み返したところ、またあらたな興味が湧いてきて、他のものにまで手を伸ばすことになった。そして、言うまでもなくこの映画については拙著で言及することができなかったということもあり、原作小説と映画との関係について考えさせられたわけである。

本文でも書いたことだが、山田洋次監督作品について山田が時代劇を撮るというのが驚きであった。しかも、それが藤沢周平原作というので驚きも二重であった。藤沢作品の映画化がほとんど考えられなかったのは、不思議なほどである（ＴＶにおける映像化作品は何本かあったものの劇場公開映画となると規模が違うということであろうか）。しかし、藤沢周平の作品世界の雰囲気を映画に撮るとなると、そのような雰囲気をもともと持っている映画監督でないと困難であるというのは、十分考えられることである。この点で山田洋次監督の作品世界は、コメディーでもシリアスなドラマでも共通の雰囲気が感じられる。このことは映画化作品を観ると、いまさらながらよく分かる。藤沢の作品世界の基本的なトーンは、対象となる時代の庶民の淡々とした日常生活の描写であり、なるほど映像としては撮りにくいかもしれない。しかし、山田の作品世界も庶民のそのような日常生活を映し出すものである。そうだとすれば、藤沢はその作品の映画化について山田洋次という映画監督に安心して委ねることができるであろう。こうして両作品世界のそれぞれのファンは、今回の映画化によって、互いに他の作品世界へと自分のイマジネーションを広げることができるようになったのである。そして、両作品世界をともに愛好する者にとっては、両者の重なり合いを享受する機会が得られたわけである。本年秋には同じく藤沢周平原作・山田洋次監督作品『隠し剣　鬼の爪』が劇場公開される予定であると聞く。両作品世界の重なり合いがさらに深まることを期待したい。

もう一つのきっかけは、今回の映画が非常に大きな反響を呼び起こしたことがそこに何か一般の関心の在り方を示しているように思われたことである（街の書店では原作小説を含む藤沢作品の文庫本が平積みされ、ひょっとしたら普段時代小説というものにはほとんで触れる機会がないかもしれないと思われる人々、とりわけ若い女性たちがこれらを購入していく光景が見られた。また本書では言及できなかったが、今回の山田作品に関連する膨大なインターネット情報がある）。

さらにもう一つの大きなきっかけは、勤務先の「西生田生涯学習センター」での「二〇〇三年度後期公開講座」の一つとして、林香里氏（日本女子大学社会福祉学科非常勤助手、ピアノ演奏担当）とジョイントで「午後のサロン――時代小説の話とピアノ・コンサート――」を開催したことである。講義では先の拙著をテクストとして時代小説の人間像について、藤沢周平の作品を手がかりに話をした。たまたまこの映画がその公開後、国内のほとんどすべてと言ってよいほどの多くの映画賞を受賞して間もなくのことであり、また講座の期間中アカデミー賞外国語映画賞にノミネートされたこともあり、公開講座としてはなかなか反響があった（林氏のピアノ演奏によって藤沢の時代小説が主として対象とする江戸時代と世界史的には同時代の近代ヨーロッパのクラシック音楽を楽しむことができたのは、受講生にとても好評であった。講義で頭が痛くなってしまっても、クラシック音楽によって頭を休めるゆったりとした時間を過ごすことができるわけである。ささやかではあってもこのような機会が人々の文化的なつながりをつくり、地域の文化を豊かにしていくのに役に立つことを願っている。先のような前近代と近代との二つの対象を一つにまとめた企画を立て、これを「生涯学習」という形で具体化し、「いま」、「むかし」を想いつつ「これから」に思いを馳せることは、現代日本の文化の一つの在り方を示すかもしれない)。その際、講義において何らかの形で『たそがれ清兵衛』を取り上げようとした。しかし、この映画への関心は高かったのだが、著作権の問題があるので映写することはできないという制約があった。そこで、主としてシナリオを手がかりに原作小説との関係を説明した。この説明にも或る程度の関心が寄せられた。この説明のためには、それなりのまとまった考えを具体的に示すことが必要なので、レジュメを作成し配布した。そしてこのレジュメをもとにその内容を一つの原稿にまとめることにした。この原稿が本書のもととなった先の拙論である。

本書は、著者が主題的に取り組んでいる「哲学の欲求」および「意識と学」という問題構成を軸とするヘーゲル哲学の文献学的研究（拙著 1991, 1999）を基礎篇とするならば、応用篇の一つをなすものである。この問題構成が藤沢周平および山田洋次の作品世界においても現われている。

藤沢のそれについては、拙著2002で述べた。ここでは今回の山田作品に限定するとして、やはり同じことを述べることができよう。そこでは幕末という時代に生きた人間「たそがれ清兵衛」の生き方のうちに、現代においては忘れられているかもしれないような思いが表されている。この思いは、たとえ忘れられているとしてもなくなってしまったわけではない。それは、どんなに頼りないものになってしまったとしても少なくとも潜在的には存在し続ける（そのまま「哲学の欲求」ではないけれども、しかし「哲学への欲求」として。両者の区別および関係については前掲拙著1991参照）。映画の反響は、それがどのようなものであったのかを示した。それは、どんなにささやかなものであっても日常生活において求められる「幸福」への思い（山田監督作品『学校』に即して拙著1996でも触れた）であろう。映画の反響は、そのような生き方が実際に（「意識」として）あったであろうことへの驚きである。そのような生き方を構成する自然と人間との関係、そして人間と人間との関係は、どのように時代の制約が強くとも、時代の中で歴史を越えて（あるいは超えて）存在し続ける。これをどのようにして確固たるものとして自己と世界との関係を構築していくのかが現代に生きるわれわれの（つまり「学」の）課題である（ここでの「意識と学」という問題構成については前掲拙著1999参照）。

そのような時代の制約は、この映画およびその原作の中では「武士道」として現われていた。この制約は、ここでの映画と原作とにおいてユーモラスな仕方で乗り越えられていく。そこには、しなやかな美意識が示されている。最近「武士道」論議がなかなか盛んであるが、ここでのユーモアを通して示される美意識（深い社会認識に裏打ちされ、この美意識をもって描かれた人間像）が「武士道」論議への一つの対応としてどのように参照されうるか、なかなか興味深いことである。

そのような論議の際、忘れられてはならないことがある。それは、「武士道」において残されるべきものが「武士道」そのもののうちにあるのかどうかが吟味されなければならないということである。例えば、陽明学的「士道」のうちに「武士道」において残されるべきものがあるとしても、それは「武士道」そのもののうちにあるのではなくて、「武士道」の制約を超えた陽明学的方向のうちにあるのかもしれないのである。それは、言い換えれば、「タテ」の視点を乗り越えて、「ヨコ」の視点に基づいて自己と世界との関係をどのように構築していくのかということである。（それは、近代日本のナショナリズムに対して現代日本においてこれをどのように乗り越えていくのかということに関わっている。この点については、拙著2001において取り上げた。また拙著2003においてはこの点をめぐって「死の術」である「武士道」に対して「生の術」である「茶道」を対置した。その意味ではこれらの拙著は、藤沢の描いた時代小説の人間像を取り上げたという主題上、本書と当然関係の深い拙著2002とともに本書と緊密な関係のうちにある。合わせて参照していただければ幸いである。）

著者としては、自分なりの思いを本書のような形にして現代においてなかなか成り立ちにくくなっていると思われる「対話」の広場へと出かけたい。現代に生きるわれわれに求められる対話の焦点の一つとして、「幸福」というテーマが挙げられるであろう。この点をめぐる対話こそ、藤沢周平および山田洋次の作品世界がわれわれに呼びかけてきたものに他ならないのではないだろうか。

これまで対話の広場で出会った方々に、錯綜した講義にもめげず公開講座・授業などにつきあってくださった受講生の方々に、ゼミなどの機会に密度の濃い議論を通じての対話によって著者の思考の歩みを促してくださったゼミナリステンの方々に、そして助手・同僚の方々に、友人・先輩・恩師の方々に感謝申し上げる。

最後になってしまったが、厳しい出版事情にもかかわらず、本書の出版を引き受けてくださった花伝社平田勝社長にお礼申し上げる。

二〇〇四年八月十五日

著者

索　引

【人　名】

朝間義隆　36, 66
安藤昌益　22, 97, 99
井上哲次郎　158
内村鑑三　24, 180, 181, 182
王陽明　22, 24, 126, 178, 179
岡倉天心　225
貝原益軒　22, 100, 113
黒澤明　32, 213, 218
孔子　22, 150
西郷隆盛　24, 180, 181, 182, 183
佐伯有清　158
朱子　22, 123, 125, 126, 222, 225
沢庵　119
徳川家康　147
新渡戸稲造　24, 77, 87, 88, 144, 149, 150, 155, 157, 160, 161, 162, 178, 180, 182, 185, 186, 188, 223
パニョル, マルセル　141
福沢諭吉　22, 102, 106, 113
ベルグソン, アンリ　141
三島由紀夫　23, 53, 164, 169, 170, 171, 172, 174, 175, 176, 177, 209,
宮本武蔵　24, 85, 120, 156, 173, 188, 209
村田珠光　224
孟子　22, 150, 152
森有礼　22, 105, 222
森鷗外　66, 221
柳生宗矩　23, 119, 120, 121, 188
山鹿素行　159
山川菊栄　23, 54, 58, 64, 114, 198
山中貞雄　32, 216
山本常朝　170, 172, 175
吉田松陰　160
和辻哲郎　23, 158, 159, 168, 169, 177

【事　項】

愛　180, 184
家　22, 59, 64, 100, 105, 106, 224
海坂藩　46, 51, 192, 204
映像と原作　42

おかしさ　52, 53, 56, 69, 134, 135, 136, 140, 143
御蔵方　45, 51, 220
親子　60
『女大学』　102
学問　22, 107, 108, 109, 112, 113, 114, 120, 121, 125, 127, 178
家族　22, 46, 53, 60, 61, 65, 67, 100, 102, 105, 106, 112, 143
考える　178
考える力　109, 127
技術　22, 115, 216, 227
貴族主義　174, 177, 179
キリスト教　24, 157, 161, 180, 183
「軍人勅諭」　163
芸術　216, 227
敬天愛人　182
けだもの　79
獣　138
個　210, 223
巧言令色　111
皇道的武士道　23, 158, 160, 161, 163, 177, 187, 188
幸福　25, 198, 199
『五輪書』　86, 156, 185
茶道　224, 225
侍　69, 85, 118, 127, 131, 139
三従の道　100
三省　111
死　145, 155, 165, 171, 172, 173, 208, 210, 222, 223
　—自然死　172, 173, 174, 210
　—自由意思による死　173, 174, 209
仕合せ（幸せ）　25, 193, 196, 198, 212
士道　144, 147, 158, 159, 163, 169, 177, 223
主持ち　146, 163, 177, 210
儒教　147, 148, 149, 150, 155, 178
『朱子文集』　126
庄内地方　46, 48
庄内藩　220, 222, 226
庄内弁　51
女性　58, 100, 114
女性観　59, 102
庶民の模範　144, 145, 163, 176
「新女大学」　102
神道　160, 161
「戦陣訓」　163
『大学』　121
『代表的日本人』　180
タテ　22, 149, 177

知行合一　24, 178
父親　61, 92, 93, 112, 203
致知格物（格物致知）　23, 119, 120, 121, 122, 125, 126, 222, 225
忠義　88, 166, 223
忠君愛国　161, 162
中間　64
『伝習録』　126, 179
天皇　160
同情心　82, 151, 153
『統道真伝』　97
ナショナリズム　181, 183, 225
日常生活　34, 35, 36, 37, 38, 41, 42, 47, 49, 50, 54, 92, 93, 96, 117, 129, 195, 208, 209
『葉隠』　23, 24, 53, 145, 148, 154, 155, 156, 164, 165, 166, 167, 169, 172, 174, 175, 177, 185, 222, 223
母親　61, 63
藩　47, 65, 134, 139, 192
平侍　51, 220
仏教　155, 157
兵法　119, 156
『兵法家伝書』　119, 185
平民主義　157, 178, 224
身分制度　47, 53, 65, 96, 97, 130, 143, 153, 174, 188, 224, 227
名誉　78, 80, 82, 83, 88, 209
『孟子』　152
ユーモア　23, 54, 90, 128, 130, 138, 139, 143, 177, 188, 209, 219
湯田川神楽　201
陽明学　24, 179, 180, 181, 183, 184, 223, 224
ヨコ　22, 149, 177
リズム　48, 50, 202
良知　126, 127, 179, 225
『論語』　107, 108, 109, 111, 112, 114
『和俗童子訓』　102, 113
笑い　141

幸津國生（こうづ　くにお）
1943年　東京生まれ
東京大学文学部卒業
同大学院人文科学研究科博士課程単位取得
都留文科大学勤務をへて
ドイツ・ボーフム大学ヘーゲル・アルヒーフ留学（Dr.phil. 取得）
現在　日本女子大学勤務

【著書】
Das Bedürfnis der Philosophie. Ein Überblick über die Entwicklung des Begriffskomplexes "Bedürfnis","Trieb","Streben" und "Begierde" bei Hegel. Hegel-Studien. Beiheft 30. Bonn 1988
『哲学の欲求　ヘーゲルの「欲求の哲学」』弘文堂 1991
『現代社会と哲学の欲求—いま人間として生きることと人権の思想—』弘文堂 1996
Bewußtsein und Wissenschaft. Zu Hegels Nürnberger Systemkonzeption. Hegeliana 10. Frankfurt a.M./Berlin/Bern/New York/Paris/Wien 1999
『意識と学　ニュルンベルク時代ヘーゲルの体系構想』以文社 1999
『「君死にたまふことなかれ」と『きけ　わだつみのこえ』・「無言館」—近代日本の戦争における個人と国家との関係をめぐって—』文芸社 2001
『時代小説の人間像—藤沢周平とともに歩く—』花伝社 2002
『茶道と日常生活の美学—「自由」「平等」「同胞の精神」の一つの形—』花伝社 2003

【編書】
『ヘーゲル事典』（共編）弘文堂 1992

『たそがれ清兵衛』の人間像 ——**藤沢周平・山田洋次の作品世界**——

2004年9月3日　初版第1刷発行

著者 —— 幸津國生
発行者 — 平田　勝
発行 —— 花伝社
発売 —— 共栄書房
〒101-0065　東京都千代田区西神田2-7-6 川合ビル
電話　03-3263-3813
FAX　03-3239-8272
E-mail　kadensha@muf.biglobe.ne.jp
http://www1.biz.biglobe.ne.jp/ ~kadensha
振替 —— 00140-6-59661
装幀・絵 — 澤井洋紀
印刷・製本 — 中央精版印刷株式会社

ISBN4-7634-0427-X　C0010